GASTON ET BAÏARD,

TRAGÉDIE,

Par M. DE BELLOY, Citoyen de Calais;

Représentée, pour la premiere fois, par les Comédiens Français Ordinaires du Roi, le 24 Avril 1771:

SUIVIE DE NOTES HISTORIQUES.

NOUVELLE ÉDITION.

Le prix est de 36 sols.

A PARIS,

Chez la Veuve DUCHESNE, Libraire, rue Saint-Jacques, au-dessous de la Fontaine S.-Benoît, au Temple du Goût.

M. DCC. LXXI.

Avec Approbation, & Privilége

Manibus dabo Lilia plenis....
His saltèm accumulem donis, & fungar inani
Munere.

Virgile.

PRÉFACE.

LA Nation aime qu'on lui retrace ses Grands-Hommes : & j'ai éprouvé que la douce satisfaction dont elle est pénétrée en voyant leurs portraits, la rend moins difficile sur les talens du Peintre. L'accueil sans exemple dont elle a honoré le Siége de Calais, m'a imposé la loi de consacrer mes travaux à un genre adopté avec une prédilection si marquée. Mais je puis dire qu'on m'a fait un devoir du premier de mes plaisirs. Quel serait mon bonheur, si l'Amour de la Patrie, cette Passion sublime, qui a donné tant de Héros à la France, pouvait élever assez mon ame pour leur donner un Poëte digne de les célébrer!

Après avoir tracé, dans les actions & les sentimens d'Eustache de Saint-Pierre, les devoirs généraux du Citoyen ; j'offre ici à nos jeunes Militaires leurs modèles particuliers, dans deux Héros que j'essaye de faire revivre sur la Scène, & qu'il serait bien glorieux de faire revivre dans nos Camps. *Objet moral de cette Tragédie.*

Gaston de Foix, Duc de Nemours, neveu de Louis XII, était né Général, comme Homère était né Poëte. Il fut un Guerrier consommé dès qu'il entra dans la carrière. Il moissonna plus de lauriers en deux campagnes, que de très-grands Généraux n'en ont cueilli pendant le cours d'une longue vie. Sa jeunesse, ses vertus, ses talens &

ſes graces en avaient fait l'Idole de la Nation. On le ſurnomma l'*Achille Français*, parce qu'il était, comme le Héros Grec, *le plus beau & le plus brave Guerrier de l'Armée*. Quel modèle attachant qu'un jeune Prince dans ſa vingt-deuxième année, poſſédant toutes les qualités des vieux Capitaines; & à qui on n'a jamais pu rien reprocher dans toute ſa vie, que l'excès de courage qui la lui a fait perdre!

Baïard, ſurnommé l'Hercule de la France, combattait ſous le jeune Gaſton; &, quoique fameux par de longs ſervices, il ne dédaignait pas d'obéir à un Général, dont il comptait les talens plutôt que les années. Baïard qui, né pour commander, n'eut jamais de commandement qu'à Ferrare & à Mézières, eſt un exemple capable d'impoſer à tant de Guerriers du ſecond rang, à qui l'obéiſſance paroît un fardeau honteux. Puiſſent la franchiſe, le déſintéreſſement, la bravoure incroyable, l'ame ſimple & ſublime du Chevalier *ſans peur & ſans reproche*, faire aimer nos anciennes mœurs, & en ramener quelques traces!

Réflexions ſur les Déſerteurs.

Afin que tous les Ordres du Militaire trouvent dans cette Tragédie des objets intéreſſans pour eux, j'y fais paraître un ſimple Soldat, qui n'eſt pas cependant un Perſonnage épiſodique; car il forme le nœud & le dénoûment de la Pièce. Je ſouhaite que nos braves Grenadiers reconnaiſſent en lui leur ame héroïque. Il a des remords qui ne ſont pas faits pour eux, mais que j'ai vus dans le Pays étranger au fond du cœur de tous nos Soldats expatriés. Je n'en ai pas rencontré un ſeul, qui ne pleurât son erreur & sa folie. Tous s'étaient imaginé que la fortune les attendait hors de leur Pays ; tous y avaient trouvé le malheur. Essuyer en Allemagne les duretés avilissantes d'un service incompatible avec la noblesse du Génie Français ; languir en Hollande dans la misère qu'une politique adroite y fait souffrir à nos déserteurs, afin de les contraindre à s'engager pour Batavia : voilà quelle est la perspective de nos Soldats qui renoncent à leur Patrie. La légèreté Françaïse devrait bien être corrigée par le châtiment qu'elle reçoit chez les Nations Étrangères ; qui, loin de profiter d'une inconstance à laquelle elles doivent tant de Soldats, semblent être les premières à venger la France de l'infidélité de ses Enfans. Il y a peu de jours où l'on n'entende parler dans les Villes Prussiennes, de quelque Soldat Français que le désespoir a réduit à se servir de ses armes pour se donner la mort.

Je n'ai point placé mon Déserteur dans cette affreuse situation : je ne lui ai donné que le sentiment qui les désole tous, ce souvenir persécuteur, ce regret continuel du lieu de sa naissance ; supplice que l'on ne connaît qu'au moment où on l'endure. C'est lorsqu'on ne voit plus sa Patrie, qu'on sent toute la force de ces nœuds intérieurs qui nous attachent à elle malgré nous : comme on ne sent tout le prix de la santé, que dans l'instant où on l'a perdue.

Quant au plan que j'ai suivi pour la conduite de mon sujet, je rappellerai d'abord ce que Racine a dit en parlant de Mithridate : *Il n'y a guères d'actions éclatantes dans la vie de ce Prince, qui* Sujet Historique.

n'aient trouvé place dans ma Tragédie : & je dirai la même chose de Baïard. J'ai fondu, en quelque sorte, toute l'histoire de ce Héros dans l'évènement de la Conspiration de Bresse ; qui est la seule époque de sa vie, capable de soutenir un intérêt Dramatique. On verra, dans mes notes, le détail de tous les faits, que j'ai souvent dénaturés pour les plier aux règles du Théâtre.

Les exploits de Gaston ayant tous été rassemblés dans un court espace de tems, j'ai eu moins de peine à les réunir dans ma Tragédie. Je me suis beaucoup servi d'un morceau d'histoire excellent, ouvrage de la jeunesse de M. Gaillard, qui nous a donné depuis cette belle Vie de François I, également estimée des Savans, des Philosophes & des Gens de goût. Le morceau détaché sur Gaston de Foix est très-court, mais plein de feu, d'énergie & de tableaux frappans. L'Auteur semble, par la rapidité de son style, exprimer celle des exploits de son Héros.

On me demandera peut-être pourquoi j'ai pris deux Héros à la fois ? Je répondrai d'abord ; lisez la Pièce, & voyez s'ils se nuisent l'un à l'autre, si l'intérêt est trop partagé, s'il est affaibli ; & alors vous me condamnerez. Je demanderai ensuite à mon tour, s'il n'y a pas deux Héros dans beaucoup de Tragédies ? Si dans celle de Cinna, par exemple, Auguste n'est pas autant le Héros de la Pièce que Cinna ? Si Corneille ayant intitulé sa Pièce tantôt Cinna, tantôt Auguste, aurait mal fait de l'intituler tout d'un coup Auguste & Cinna ? D'ailleurs, mon titre est suffisamment justifié depuis que nous nous sommes accoutumés à imiter les

Anciens, en cessant de nous assujettir à donner toujours à une Pièce le nom d'un seul Personnage. *Atrée & Thyeste, Rhadamiste & Zénobie, Octave & le jeune Pompée, les Frères Ennemis, les Scythes*, &c. Voilà assez d'autorités.

Le fond de l'intrigue de ma Tragédie, est la Conjuration de Bresse, qui eut pour Chef le Comte Avogare, & dont l'objet était de perdre entièrement l'Armée Française. Bresse, l'une des plus grandes Villes d'Italie, était sur les derrières de cette armée : Avogare fit soulever les Habitans, & introduisit dans la Ville l'Armée Vénitienne, qui par ce moyen enfermait de toutes parts les Français, attaqués en tête par les Romains & les Espagnols. J'ai cru devoir supposer au Comte Avogare un motif de vengeance plus fort & plus vraisemblable à nos yeux, que celui qui le porta réellement à cette cruelle trahison. Un Italien que les Français protégeaient, avait insulté le fils d'Avogare ; j'ai feint que ce fils avait été tué par les Français mêmes, & que sa mort anéantissait sa Maison. On sait combien les Seigneurs Italiens sont jaloux de leur nom ; on sait d'ailleurs que, dans ce siécle, ils usèrent entr'eux, & plus encore envers la Nation Française, d'un rafinement de perfidie & de cruauté, qui nous fait croire, aujourd'hui même, que la vengeance est plus ingénieuse & plus implacable en Italie que dans tous les autres climats de l'Europe. La candeur Française était toujours trompée, & dédaignait souvent de punir. La force, qui se croit sûre de vaincre, pardonne la ruse à la faiblesse.

J'ai donné au Comte Avogare un complice que j'ai intéressé à l'action, à-peu-près comme Omar dans Mahomet ; & non pas un de ces froids Confidens inconnus aux Grecs, & dont Paris commence à se lasser. Les deux Traîtres contrastent avec les deux Héros. On verra d'ailleurs, dans le cinquiéme Acte, que le second Conspirateur m'était absolument nécessaire. Je me suis permis de prêter à ces deux fourbes plusieurs traits de noirceur & de scélératesse, que j'ai empruntés de quelques autres Conspirations, & singulièrement l'horrible projet de la Conspiration des Poudres : projet dont le succès devait paraître d'autant plus infaillible en 1512, que c'était le moment de l'invention de la Mine, & que les Français ignoraient encore ce secret infernal. J'avoue que ces deux Assassins sont des lâches ; mais Néron est-il brave, quand il empoisonne son frere ? Et Mahomet, quand il fait égorger un vieillard par un enfant ? Ce n'est pas dans le pays du Stylet, que j'ai dû changer des Assassins en Héros.

Nouveautés dans le Sujet.

Quoique les sujets de Conspirations soient un peu usés au Théâtre, j'espère qu'on trouvera celui-ci traité d'une manière assez nouvelle. Les deux Scènes du Comte Avogare avec sa fille, sont les seules dont le fond puisse avoir quelque ressemblance avec des Scènes connues : mais je les crois absolument neuves par les détails, sur-tout celle du quatrième Acte, dans laquelle, si je ne me trompe, les passions sont plus véhémentes que dans tout le reste de la Pièce. D'un autre côté, comme l'objet des Conjurés était de détruire une Armée entière, leur plan exigeait des moyens tout différens de ceux qu'on a vus jusqu'à présent sur notre Théâtre ; & il favorisait les détails militaires que le sujet m'offrait d'ailleurs.

L'exposition même de ma Tragédie devait être d'une forme nouvelle : car, pour placer le spectateur dans le cours de l'action que j'allais lui développer, il était indispensable de mettre sous ses yeux un tableau politique de l'Europe, & un court exposé du sujet de la guerre que la France soutenait en Italie. Mais, pour que ce détail ne fût pas froid, j'ai voulu en faire une partie de l'action même. La Scène où le Duc d'Urbin entreprend de gagner Baïard, offre, dans les propositions du Duc & dans les réponses du Chevalier, l'explication des intérêts des Princes & la peinture de leurs caractères. Cet artifice n'a pas déplu.

Mon cinquiéme Acte est entièrement dans le goût des Grecs. Le Vieillard que j'y fais paraître pour la première fois, mais qui a agi pendant toute la Pièce, ressemble beaucoup au Berger de l'Œdipe de Sophocle. De même, le Spectacle que j'ai osé hasarder en représentant, durant un Acte entier, Baïard étendu sur une espèce de lit, est imité de la Phèdre d'Euripide. Je n'aurais pas eu la hardiesse de concevoir seulement ce projet, dans le tems où notre Théâtre était couvert de Spectateurs : mais aujourd'hui, nous sommes libres de donner à la représentation toute la vérité de la Tragédie antique, & de la nature. Mon audace a été heureuse ; & il n'est pas permis à un Auteur d'être timide, quand il est secondé par les sublimes talens de M. Le Kain.

Genre de cette Tragédie.

Le genre de cette Tragédie est le genre Héroïque, si divinement traité par Corneille, & dont on trouve chez les Anciens plus d'exemples qu'on ne le croit communément. Il est vrai que, chez les Anciens, l'Admiration est toujours si fortement excitée qu'elle va jusqu'aux larmes : elle est d'ailleurs toujours accompagnée & suivie des grands mouvemens de la Terreur. On a reproché à Corneille de s'être trop souvent contenté d'inspirer à l'ame une Admiration tranquile ; mais cela ne lui est jamais arrivé dans ses bonnes Pièces : il y a toujours porté ce sentiment jusqu'à l'enthousiasme ; & il a su, mieux encore que les Anciens, arracher ces larmes sublimes, les plus délicieuses que l'Homme puisse répandre. Je n'excuserai pas si facilement ce grand Poëte, d'avoir mêlé à l'Admiration une Terreur trop faible ; de n'avoir point placé ses Héros, Nicomède, par exemple, & Sertorius, dans un péril assez imminent, assez présent aux yeux du Spectateur, pour produire cet intérêt vif que la Tragédie exige. Mais Corneille nous dédommage par tant de beautés merveilleuses, dont les Grecs auraient été jaloux, qu'il *a bien acquis le droit d'avoir quelque faiblesse*.

Pour moi, qui suis loin d'avoir ses droits & ses ressources, j'ai senti combien il m'était nécessaire d'employer le grand ressort de la Terreur pour soutenir l'Intérêt, & je l'ai portée aussi loin qu'il m'a été possible, dans mes trois derniers Actes. La Scène où les deux Traîtres attendent l'événement du Duel, pour fondre sur le vainqueur &

l'assassiner : celle où Euphémie voit son Père prêt à immoler son Amant, & ensuite l'Amant prêt à immoler le Père : enfin la Scène du cinquiéme Acte, où l'on attend le signal de la mort de Gaston, pour égorger, aux yeux du Spectateur, Baïard déja blessé & sans défense, me paraissent des momens de terreur, tels que les Athéniens les desiraient, & tels que les Français les desirent aujourd'hui.

J'ajoûterai encore qu'il me semble que la Terreur est le seul sentiment théâtral qui se soutienne à côté de l'Admiration. La Pitié est trop douce & trop faible : elle ne pénètre dans l'ame que par degrés & avec quelques préparations : or ces préparations sont nécessairement froides à côté d'un sentiment aussi chaud que l'Admiration qui pleure : au-lieu que la Terreur peut frapper subitement un coup imprévu, qui ne manque jamais son effet quand il est violent. Voilà pourquoi, mon sujet pouvant se prêter également à la Pitié ou à la Terreur, j'ai préféré la dernière après les Scènes d'Héroïsme.

A l'égard des détails militaires, j'avais à peindre un siége, un assault, une bataille, l'invention de la Mine, sur tout la savante marche que Gaston fit de Bologne à Bresse, & qui passe encore pour un prodige : voilà sans doute un champ vaste & brillant pour la Poësie. Je sais que beaucoup de gens condamnent dans une Tragédie toutes les richesses de détail : je sais qu'ils appellent Epique tout ce qui n'est que Poëtique, & même tout ce qui n'est qu'un ornement oratoire indispensable

Détails militaires.

pour exprimer noblement une chose dont le nom propre ferait désagréable. Mais quand on lit Alzire, Œdipe, Mithridate, les Horaces, Pompée, &c; quand on voit que Sophocle a mieux décrit, dans son Electre, la course des Chars aux Jeux Delphiques, que Pindare lui-même ne l'a peinte dans ses Odes; quand on trouve dans les Argiennes & les Phéniciennes d'Euripide, des descriptions de campemens, de batailles & de siéges, égales aux descriptions d'Homère; quand on observe que la Tragédie des Sept Chefs devant Thèbes, est le plus fidèle monument par lequel nous connaissions la manière dont les anciens Grecs assiégeaient des places: on ose imiter le délire de tous ces grands Auteurs, *cùm talibus viris insanire*; & on laisse la prétendue sagesse à ceux qui n'ont pas la force d'être insensés.

Réflexions sur le style Tragique.

Gabrielle de Vergy a prouvé, par la différence du plan & du style, que je tâche de traiter & d'écrire mes Pièces selon la différence des sujets. Une Tragédie dont l'intrigue est purement amoureuse, veut un autre ton qu'une Tragédie du genre Héroïque. Le style de Zaïre eût été trop faible pour Brutus, & celui d'Athalie trop fort pour Andromaque. Mais vous trouverez dans cette Andromaque même, dans Bajazet, dans Mérope, beaucoup de ces morceaux que l'on veut nommer Epiques, & auxquels nos nouveaux Docteurs ne font grace que par un excès de générosité.

Si les descriptions qu'exige le sujet de Gaston & Baïard, ne nuisent pas aux Scènes de passion & de sentiment; si même on peut remarquer une différence de couleur dans ceux de mes tableaux qui paraîtraient devoir se ressembler ; si, par exemple, le récit du combat de Baïard exprime par sa rapidité la fougue impétueuse d'un Soldat ; si le récit de la victoire de Gaston peint avec plus de gravité la conduite plus tranquile d'un Général ; si enfin j'ai évité la monotonie fatigante qu'on veut introduire dans notre versification dramatique ; les Lecteurs judicieux ne m'en feront pas un crime.

Je dis la monotonie ; car, pour peu que les dogmes modernes continuent à prévaloir sur les anciens exemples, notre style Tragique n'aura bientôt qu'une seule couleur : il perdra sur-tout l'harmonie, qui ne peut se soutenir sans la variété. Un Auteur Tragique qui, sachant Racine par cœur, en relirait tous les jours quelques pages, l'étudierait, le méditerait, décomposerait ses vers, chercherait à pénétrer, à approfondir tous les secrets de ce grand Poëte, serait étonné, confondu de voir à chaque pas combien nous nous appauvrissons, combien nous avons retranché à la liberté hardie des expressions du Virgile Français, à la prodigieuse diversité de ses tours, à la multitude de ses heureuses figures qu'on prend aujourd'hui pour des incorrections, & qui sont les principales sources de l'énergie, de la grace & de la richesse de la Langue. L'ignorance, sous le nom de finesse & de délicatesse, répand chaque jour les chicanes les plus absurdes. Il faudrait ramener aux premiers élémens la plupart de nos faiseurs de Critiques ; il faudrait avoir sans cesse à la main les *Tropes* de du Marsais, pour apprendre à ces Docteurs ce que c'est qu'une Synecdoque, une Métonymie : *grands mots, que Pradon croit des termes de Chymie* : il faudrait, pour réfuter ces Pédans, paraître Pédant soi-même. Ne vaut-il pas mieux avoir raison & se taire ?

Avantages des Sujets Français.

Finissons par un objet plus intéressant. Parlons des avantages que présentent au Public & aux Auteurs les Sujets tirés de notre Histoire. On a voulu me dégoûter de ce genre, en me disant qu'il ne pouvait être agréable qu'à la France. J'ai demandé d'abord si les Sujets Athéniens n'avaient plû qu'à Athènes. Mais ensuite ma propre expérience m'a convaincu que notre Histoire, tenant à celles des nations voisines, les intéressait plus que toutes les Fables de la Grèce. Les Etrangers ont daigné m'applaudir d'avoir puisé dans cette nouvelle source, si féconde en leçons & en exemples propres à toute l'Europe moderne. Et en effet, il n'y a guères d'États aujourd'hui à qui des hommes tels qu'Eustache de Saint-Pierre & Baïard ne fussent plus nécessaires, que des Orestes & des Philoctètes.

J'avais, dans la Préface du Siége de Calais, invité avec instance ceux qui cultivent le grand Art Dramatique, à se saisir du riche fonds de notre Histoire, trop négligé jusqu'à ce jour. Cependant, depuis cinq années, personne n'a mis sur la Scène un Sujet vraiment Français. Et j'en conclus que les discours qui m'avaient été tenus pour me détourner de cette route, ont été répétés à mes Confrères, & les ont persuadés. Je crois ne pouvoir mieux les détromper, & en même tems les encourager à ſuivre mes exhortations, qu'en mettant ſous leurs yeux la Lettre qu'un Prince Étranger a daigné m'écrire dans le tems du ſiége de Calais. Puiſque je la publie ſi loin de ſa date, je ne puis plus être ſoupçonné d'avoir pour objet la vanité de jouïr des éloges outrés que cette Lettre me prodigue. Ceux qui me connaiſſent ſeront bien ſûrs que c'eſt malgré ces éloges que je la fais imprimer; & parce qu'elle peut exciter des Génies plus heureux à obtenir des louanges plus juſtes; ſur-tout enfin parce qu'elle rend à la nation Françaiſe un hommage, qui atteſte la haute opinion que l'Europe a encore de nous, en dépit de nos détracteurs.

» Il n'y a point de Patrie, Monſieur, qui » m'aït touché en votre faveur. J'ai jugé votre » Siége de Calais en Étranger, & en homme peu » accoutumé à admirer depuis quelque tems, » parce qu'on ne fait preſque plus rien d'admi» rable. Mrs . . . ont été témoins de l'effet qu'a » produit ſur moi l'effort d'une belle ame & de » talens bien ſupérieurs. *Il s'eſt fait ſentir dans* » *les pays même où l'on ne ſent rien.* Vous êtes » le Poëte de votre Nation & de l'Honneur. Je » veux qu'on liſe de vos beaux vers avant d'aller » au combat: *Si j'avais l'honneur d'y mener des* » *Français*, je vous demanderais des Hymnes. » Vous ſouvenez-vous de cette corde qu'on tou» chait en pareille occaſion, chez les Grecs, & » de ce que produiſaient le mode Lydien & le » mode Phrygien? La Poëſie n'a-t-elle pas autant » de pouvoir ſur l'ame que la Muſique? *Conti-*

» *nuez, Monsieur, à faire valoir les beaux traits* » *de votre Nation magnanime; les autres s'en res-* » *sentiront.* Je suis las de faire des Héros à coups » de bâton. Vous me parlez de Baïard; donnez-» nous au plus vîte ce bon Chevalier. Je serai » le vôtre dans tous les tems.

Il me paraît difficile, après cette Lettre & après les traductions du Siége de Calais, de faire croire encore que les Tragédies tirées de l'Histoire de France sont indifférentes aux Étrangers (*). Ainsi, j'ose me flatter que nos jeunes Poëtes rendront désormais plus de justice aux Héros de leur Patrie. Quant à la Nation en général, ces seuls mots, *si j'avais l'honneur de mener des Français au combat*, sont un témoignage précieux & éclatant de ce que nous sommes encore aux yeux des autres Peuples. On cherche depuis quelque tems à tromper la Nation sur cet article; on s'efforce de la dégrader, de la discréditer à ses propres yeux. Non, je ne puis retenir mon indignation, lorsque je vois qu'en nous annonçant une décadence universelle, on va nous y conduire, puisqu'on

(*) Je puis donner une nouvelle preuve du goût que les Étrangers ont pour ce genre. Un grand Roi, célèbre par ses vertus & par son amour pour les Lettres, n'a point dédaigné, (lorsqu'il n'était encore qu'héritier du Thrône,) de représenter avec sa Famille & ses Courtisans, la Tragédie de Gaston. Il n'a point cru s'abbaisser en remplissant lui-même le rôle de Baïard.

Ainsi la Gloire encore occupe ses loisirs;
Il sait être Héros jusques dans ses plaisirs.

nous

nous enlève l'eſtime de nous-mêmes, le dernier aliment des vertus. Ne ſoyons pas les dupes d'un petit nombre d'ames avilies, qui ont intérêt, qui ont beſoin de perſuader que leur corruption eſt générale; ce ſont des lâches que la honte de leur état rend calomniateurs, & qui veulent

Groſſir, pour ſe ſauver, le nombre des coupables.

Racine.

PERSONNAGES.

GASTON DE FOIX, Duc de Nemours, Viceroi de Milan.

ROVÈRE, DUC D'URBIN, Neveu du Pape Jules II.

LE DUC D'ALTÉMORE, Napolitain.

LE COMTE AVOGARE, Seigneur Bressan.

EUPHÉMIE, Fille du Comte Avogare.

LE CHEVALIER BAÏARD (1).

D'ALÈGRE.

UN VIEILLARD.

Suite de Chevaliers & de Soldats Français & Italiens.

La Scène est dans la Citadelle de Bresse.

(1) On a cru devoir écrire *Baïard*, comme il se prononce ; & non pas *Bayard*, qu'il faudrait prononcer comme *payant* & *effrayant*. L'écriture est l'image de la parole, & les Noms propres doivent être assujettis à une orthographe conforme à la prononciation. Autrefois on écrivait *Loys*, *Louys* ; & l'on écrit enfin *Louïs*.

GASTON ET BAÏARD, TRAGÉDIE.

ACTE PREMIER.

Le Théâtre repréſente une Gallerie de l'Arſenal de la Citadelle de Breſſe. On y voit des Drapeaux, des Arquebuſes, des Canons démontés, des piles de Boulets, & tout l'appareil de la Guerre.

SCENE PREMIERE.

AVOGARE, BAÏARD, *ſuite de Français.*

(*Baïard donne, en entrant, ſon Bouclier & ſa Lance à ſon Écuyer.*)

AVOGARE.

DU Camp Vénitien les foudres impuiſſans
Vont en vain ſeconder les efforts des Breſſans;

Nous bravons désormais une Ville rebelle ;
Vous êtes avec nous, les dangers sont pour elle ;
Votre seule présence affermit ce rempart ;
On ne prend plus un Fort où commande Baïard.
Voyez sur tous ces fronts la confiance empreinte,
L'allégresse en mon ame a remplacé la crainte.
Moi qui suis né Bressan, mais dont le cœur Français
A votre Prince, à vous, s'est donné pour jamais,
De mes Concitoyens & de mes premiers Maîtres
J'ai craint le coup fatal qui menace les Traîtres.
Vous venez en ce jour sauver ma Fille & moi !
Un Héros a donc su, pour nous prouver sa foi,
Avec un Escadron percer toute une Armée !
En dois-je être surpris après sa renommée ?
Baïard a-t-il jamais compté ses ennemis ?
Baïard a-t-il jamais négligé ses amis ?

BAÏARD.

Tous les objets sacrés de mon culte suprême,
Dieu, la France, l'Honneur, l'Amitié, l'Amour même,
De Milan, vers ces lieux, ont fait voler Baïard :
Mais, sans votre constance, il arrivait trop tard.
Français, recevez tous mon légitime hommage.
J'ai peine à concevoir que l'excès du courage
Ait, douze jours entiers, contre trois camps unis,
Défendu des remparts si faiblement munis.
Heureux, dans le moment qu'une atteinte cruelle,
Enchaînant de Durfort la vaillance & le zèle,
Ravit à vos besoins & sa tête & son bras ;
Que je puisse m'offrir pour père à ses Soldats.
J'ai visité ce Fort. On cache aux Cœurs timides
Un péril, qu'on avoue aux Ames intrépides.
Si Gaston, dans cinq jours, ne vient nous secourir,

Au même lit d'honneur nous pouvons tous mourir.
Ce Prince est triomphant, Bologne est délivrée;
Mais par un long chemin Bresse en est séparée:
N'espérons qu'en nous-même, & sachons tout braver;
Mépriser notre vie est l'art de la sauver.
Un des Chefs Assiégeans, que sa vertu renomme,
Urbin, Neveu chéri du Pontife de Rome,
Exige un entretien, dont je me sens confus;
Il vient m'offrir la honte, & doute d'un refus!
Prêtons à la Valeur l'appui de la Prudence;
Près du Palais des Ducs, la Place est sans défense;
De la Mollesse altière abbattez les lambris,
Et changez en remparts leurs utiles débris:
Que, derrière vos murs, de profondes tranchées
Reçoivent du Gardzo les ondes épanchées:
Mes mains vous aideront à ces nobles travaux,
Qui vont multiplier, prolonger les assaults.
Différons notre perte, & vengeons-la d'avance;
De nos derniers soupirs rendons compte à la France;
Tout Guerrier qui retient de nombreux Ennemis,
Mourant un jour plus tard, peut sauver son Pays.

(*Il fait signe à la suite de se retirer.*)

SCENE II.

AVOGARE, BAÏARD.

BAÏARD.

AVOGARE, quel ſort menace notre Armée!
Au cœur de l'Italie on la tient enfermée.
Pour couper la retraite à nos Français trahis,
De Breſſe, en un moment, les remparts envahis,
De Veniſe & de Rome ont reçu les cohortes.
Quelle infidèle main leur a livré vos portes?

AVOGARE.

On l'ignore, Seigneur.

BAÏARD.

Mais le brave Durfort
Croit qu'un Traître inconnu l'a ſuivi dans ce Fort.
Jugez des ſentimens dont mon ame eſt atteinte;
Pour Euphémie & vous je connaîtrai la crainte.
Sans le revers fatal qui nous preſſe en ce jour,
J'allais hâter l'hymen promis à mon amour,
Ces nœuds, où mon devoir, où mon penchant me livre;
Ces nœuds, par qui l'État m'ordonne de revivre.
Depuis que votre Fille a captivé mon cœur,
Le ſien eſt la Conquête où prétend ma valeur:
De tous nos Chevaliers telle eſt la Loi chérie.
Quand Charles, ce grand Roi, foudre de l'Italie,
Qui de Suze au Sardo vainquit en ſe montrant,
De l'Honneur, à mes vœux, daignait ouvrir le champ:

» De la Beauté, dit-il, va mériter l'hommage.
» L'Amour, dans un grand Cœur, fait doubler le Cou-
» rage ».
J'ai suivi ses leçons, j'ai servi la Beauté.
Mais nul Objet en moi n'avait encor porté
Cette ardeur inquiète, active, impatiente,
Ce désordre qui plaît, ce plaisir qui tourmente,
Ces transports qu'on ne sent dans son cœur étonné,
Qu'en rencontrant le cœur qui nous fut destiné.
Quoi! dans ces jours plus doux où mûrit la jeunesse,
Euphémie, à mes sens, inspira cette ivresse! —
Ah! je mourrais heureux, armé pour son secours;
Elle me rend plus chers les périls où je cours:
Mourir pour ce qu'on aime en servant la Patrie,
C'est la plus digne fin de la plus belle vie.

AVOGARE.

Baïard, dans nos malheurs, j'entrevois quelque espoir;
Et quand le Duc d'Urbin s'empresse pour vous voir,
Ce n'est pas annoncer un projet ordinaire:
On connaît à quel point Rome vous considère.
Quels que soient ses desseins, je vous l'ai dit, Seigneur,
C'est à vous, pour jamais, que s'est voué mon cœur;
Avogare vous aime, avant d'aimer la France;
Ma fortune, ma vie est en votre puissance;
Soyez maître: ordonnez de ma Fille & de moi....
Mais que nous veut d'Alègre?

SCENE III.

AVOGARE, BAÏARD, D'ALÈGRE.

D'ALÈGRE, *à Baïard.*

AMI, ſur votre foi,
Urbin vient d'arriver ; le voici qui s'approche.

BAÏARD, *à Avogare qui ſe retire.*

Vous nous laiſſez ?

AVOGARE.

Je fuis ſa plainte & ſon reproche.

SCENE IV.

LE DUC D'URBIN, BAÏARD.

(*Ils s'aſſéyent après les premiers mots.*)

URBIN.

CHEVALIER, qu'il m'eſt doux d'offrir à vos vertus
Des honneurs aſſez grands pour être inattendus !
Le Pontife Romain, l'auguſte République
Devant qui s'eſt briſé l'orgueil Aſiatique,
Le Roi qui tient l'Eſpagne & Naples ſous ſes Loix ;
Enfin l'heureux Céſar dont l'Empire a fait choix ;

Jule, Maximilien, Ferdinand & Venise,
De ma voix, près de vous, empruntent l'entremise.
Après ces Noms fameux, sans en être éclipsé,
Le grand nom de Baïard a droit d'être placé;
Un Guerrier qui soutient ou renverse les Thrônes,
Dans ses humbles foyers traite avec les Couronnes;
Et ma fierté se plaît à voir les Souverains
Rechercher mon égal, qui seul fait leurs destins.
Quand la Gloire unissait & Louïs & Rovère,
Les armes & mon cœur vous avaient fait mon Frère:
J'ai plaint votre Pays trop ingrat envers vous.
De payer vos talens d'autres Rois sont jaloux.
Vous pressentez déja quel intérêt m'appelle;
Ce n'est pas de traiter pour cette Citadelle,
Où vous-même, apportant des secours superflus,
Ne pouvez qu'augmenter le nombre des vaincus.
De nos Confédérés la sage Politique,
Levant enfin son voile, à tous les yeux s'explique;
L'Europe l'applaudit: ils veulent, pour jamais,
De l'Italie entière exiler les Français,
Les contenir enfin dans les justes limites
Qu'à leurs États nombreux les Alpes ont prescrites:
De quatre Souverains les Guerriers vont s'unir:
Et — pour leur Chef suprême, on voudrait vous choisir.
Le Duc d'Urbin s'honore, aux champs de la Victoire,
D'être un premier Soldat utile à votre gloire:
Jule, à vous acquérir, montre le plus d'ardeur;
Il sait ce qu'il vous doit, & que votre grand cœur
Daigna sauver ses jours que vous vendait un Traître.

BAÏARD.

Eh bien! pour s'acquitter, Jule m'invite à l'être!

URBIN.

Vous ne le ferez point : & l'on peut, fans effroi,
Pour fervir Rome & Jule, abandonner un Roi.
Trop d'exemples, d'ailleurs, ont appris à la France,
Qu'un Grand-Homme appartient à qui le récompenfe.
Bien plus : le Souverain que nous fervons par choix,
Sent qu'il nous doit un prix de nos moindres exploits :
Celui qui tient fur nous fes droits de la naiffance,
Croit fouvent fe manquer par la reconnaiffance.

BAÏARD.

Un Pontife m'exhorte à violer ma foi !
Des Chrétiens, mieux que lui, je connais donc la Loi!
Dieu dit à tout Sujet, quand il lui donne l'être :
» Sers, pour me bien fervir, ta Patrie & fon Maître ;
» Sur la terre, à ton Roi j'ai remis mon pouvoir :
» Vivre & mourir pour lui, c'eft ton premier devoir ».
En rappelant nos cœurs à cette Loi fuprême,
Un Pontife devient l'organe de Dieu même ;
Mais, Seigneur, quand fa voix combat l'ordre du Ciel,
C'eft l'Homme alors qui parle, & l'Homme criminel.
En vain d'un rang facré Jule exalte l'empire,
Lui qui, foufflant par-tout la fureur qui l'infpire,
Du pied des Saints Autels embrâfe l'Univers ;
Lui, dont le front, blanchi par quatre-vingts hyvers,
Étale, dans un Camp, le mélange bizarre
De l'Airain des Guerriers au Lin de la Tiare ;
Qui, dans Mirande, enfin vint lui-même affiéger,
Dépouiller l'Orphelin qu'il devait protéger.
Ne croyez pas, pourtant, que mon erreur finiftre
Rejette fur l'Autel l'opprobre du Miniftre :
Dépend-il en effet des vices d'un Mortel

De dégrader le Nom, les droits de l'Éternel?
Sont-ils moins ſaints pour nous, quand Jule les profane?
Le crime avilit-il la Loi qui le condamne?
Je ſépare deux Noms qu'on veut aſſocier;
Je révère un Pontife & combats un Guerrier.
Quant à Maximilien, que pourrais-je en attendre?
Il ne ſéduirait pas un cœur fait pour ſe vendre.
Ferdinand s'applaudit alors qu'il trompe un Roi:
Eſt-ce avec un Soldat qu'il garderait ſa foi?
Pour Veniſe; il eſt vrai, j'eſtime ſon courage;
Surpriſe par la foudre, elle a bravé l'orage;
Au Sénat des Romains jaloux de reſſembler,
Son Sénat vit ſa perte & ſut n'en point trembler;
Entre ſes Ennemis, ſa politique habile
Sema, par l'intérêt, une diſcorde utile;
De ce Jule, autrefois ſon ardent Oppreſſeur,
Veniſe maintenant ſe fait un Défenſeur,
Et fait, contre Louïs, armer, pour ſa querelle,
Tous les Rois qui d'abord armaient Louïs contre elle.
Maiš l'Europe verra le Monarque Français
Trahi par ſes égaux, & non par ſes Sujets.
Vous connaiſſez ce Roi ſi digne de ſon Thrône:
Qu'il a de droits ſur nous, ſans ceux de ſa Couronne!
L'amour, juſqu'au tranſport, naît à ſon doux aſpect;
Jamais, juſqu'à la crainte, on ne ſent le reſpect:
Cœur intrépide & tendre, Ame ſimple & ſublime,
Bienfaiteur de la Terre & Guerrier magnanime,
Il défend les États qu'il tient de ſes Aïeux:
Mais il eſt né trop grand pour être ambitieux.
Jule a pu ſoupçonner ce généreux ſyſtême;
On doute des vertus qu'on n'aurait pas ſoi-même;
On croit que Louïs veut tout ce qu'il peut vouloir,

Qu'un Roi règle toujours ses droits sur son pouvoir.
Un Monarque, un Français, refuser la Victoire !
Je pardonne aux Mortels d'être lents à le croire.
Vous, qui sous d'autres Rois voulez me voir servir,
Vous choisiriez le mien, si vous pouviez choisir.

URBIN.

J'admire votre Maître & ses vertus augustes :
Ses froideurs envers vous n'en sont pas moins injustes.
Pour tant d'autres Guerriers s'ouvrant de toute part,
Sa main semble toujours s'écarter de Baïard.
Et quel est, dites-moi, le prix de vos services ?

BAÏARD.

Eux-mêmes. Je sais voir, en dédaignant leurs vices,
Des Guerriers Courtisans disputer les faveurs,
Mendier les trésors, même avant les honneurs ;
Et, toujours mécontens des graces qu'ils reçoivent,
Vendre à leurs Souverain des talens qu'ils lui doivent.
Si Louïs donne enfin à l'Importunité
Ce que la Vertu simple avait mieux mérité ;
Pour garder à l'État ses appuis nécessaires,
Des Cœurs intéressés les Rois sont tributaires ;
Il faut qu'en les plaignant, leurs plus dignes Sujets
Laissent au plus avide emporter les bienfaits ;
Et j'aime mieux, Seigneur, qu'on dise avec justice :
» Louïs doit à Baïard le prix d'un long service » ;
Que si la France & vous en secret murmuriez
De voir, des biens publics, mes exploits trop payés.

(*Avec plus de chaleur.*)

Mais, que dis-je ? à mon choix, Louïs me récompense ;
Dès qu'il voit un Laurier, il l'offre à ma vaillance ;
Dès que, pour la Patrie, il craint quelque hazard,

Le poste du péril est celui de Baïard;
Il me met le premier sous l'aîle de la Gloire;
Il veut tenir de moi sa première victoire:
Son jeune Successeur, ce généreux Valois,
Qui soupire en secret au bruit de nos exploits;
Dans les Armes déja m'a choisi pour son Père;
Il veut, qu'arbitre un jour de sa vertu guerrière,
Un Sujet donne aux Rois le Sceau de la Valeur. —
Où sont les Dignités qui valent cet Honneur?

URBIN.

Pourquoi donc, aujourd'hui que la France en allarmes
Voit tant de Rois ligués l'accabler de leurs armes,
Louïs vous ravit-il ces moissons de Lauriers?
Pourquoi nommer Gaston le Chef de vos Guerriers?
A combattre sous lui pouvez-vous vous contraindre?
N'en rougissez-vous pas?

BAÏARD.

Je n'ai point à me plaindre;
Frère du Roi d'Espagne, & Neveu de mon Roi,
Nemours n'est-il pas né pour commander sur moi?

URBIN.

Mais sa jeunesse extrême....

BAÏARD.

Eh! que fait sa jeunesse,
Lorsque de l'âge mûr je lui vois la sagesse?
Profond dans ses desseins, qu'il trace avec froideur,
C'est pour les accomplir qu'il garde son ardeur:
Il sait défendre un Camp & forcer des murailles.
Comme un jeune Soldat désirant les Batailles,
Comme un vieux Général il sait les éviter;

Je me plais à le ſuivre, & même à l'imiter;
J'admire ſa prudence & j'aime ſon courage,
Avec ces deux vertus un Guerrier n'a point d'âge.

URBIN, *ſe levant.*

Baïard peut commander, & Baïard veut ſervir!
Tout le fruit de mon zèle eſt donc un repentir.

BAÏARD, *qui s'eſt levé en même tems.*

Non. Je vais de mon ſort vous faire ici l'arbitre.

URBIN, *ſurpris.*

Moi?

BAÏARD.

Nous nous eſtimons, Seigneur, à plus d'un titre.
Parlez vrai. Si ma foi cèdait à vos diſcours,
Serais-je en votre cœur ce que j'y fus toujours?

URBIN, *après un moment de réflexion.*

Je t'imite, Baïard; & je te parle en Homme,
Non plus en Courtiſan du Monarque de Rome:
J'allais, ſi par mes ſoins il t'avait corrompu,
Applaudir ſon bonheur & pleurer ta vertu.

BAÏARD, *l'embraſſant.*

Va, le Frère chéri que m'ont donné les Armes,
Ne verſera ſur moi que d'honorables larmes.

URBIN, *affectueuſement.*

Tu veux que j'en répande & tu m'en vois frémir.
Eſt-ce en jeune inſenſé qu'ici tu dois périr?
En comptant ſur Nemours, ta ſageſſe eſt trompée.
D'épais & longs frimats la Terre détrempée,
Tant de marais profonds, de fleuves débordés,
Par nos fiers Albanois défendus & gardés,
Oppoſent à ſa marche une ſûre barrière:

Eh ! comment pensez-vous que son Armée entière,
Ce pesant appareil de cent foudres d'airain,
Ces Soldats combattus par le froid & la faim,
Poursuivis, tourmentés d'éternelles allarmes,
Faibles, & succombant sous le poids de leurs armes,
Vont, par de tels chemins, jusqu'à vous accourir ?
Le libre Voyageur a peine à les franchir.
Daignez vous rendre à moi....

BAÏARD.

Comment ! Baïard se rendre !

URBIN.

Les débris de ce Fort ne peuvent se défendre ;
Vois le Bronze, tombant de son appui brisé,
Attendre encore en vain le Salpêtre épuisé :
Vois ces remparts ouverts, ces portes ébranlées,
Ces fossés tout remplis de vos Tours écroulées....

BAÏARD, *qui, pendant les derniers vers, a témoigné quelque impatience, & s'est avancé vers une porte de la Gallerie.*

Amis, approchez-vous.

URBIN.

Et pourquoi ces Soldats ?

BAÏARD, *s'appuyant sur un d'eux.*

Voici d'autres remparts, dont vous ne parlez pas.
Voyez ces vieux Guerriers, fiers de leurs cicatrices ;
De vingt assaults bravés redoutables indices :
Ils ne veulent sortir de ces fossés sanglans,
Que sur un pont formé d'Ennemis expirans.

SCENE V.

LE DUC D'URBIN, ALTÉMORE, BAÏARD, D'ALÈGRE, *Suite.*

BAÏARD.

Mais.... l'Ami de Gaston! L'intrépide Altémore!

ALTÉMORE, *à Baïard.*

Gaston lui-même arrive.

BAÏARD.

Ah Ciel! — J'en doute encore.

URBIN, *avec le plus grand étonnement.*

Le Prince....

BAÏARD.

Et son Armée?

ALTÉMORE.

Est au pied de ces Tours.

BAÏARD.

(*Après s'être regardés lui & le Duc avec une surprise mêlée d'admiration.*)

Que notre étonnement doit honorer Nemours!
Guerriers, depuis vingt ans, admirés sur la Terre,
Allons apprendre encor les secrets de la Guerre.
Aurions-nous projeté ce qu'il fait aujourd'hui? —
Eh bien! doit-on rougir de commander sous lui?
Vers votre Camp, Seigneur, votre retraite est libre;
Annoncez ce prodige à vos Héros du Tibre:
Sur ses bords, quelque jour, nous pourrons nous revoir:
Je me rends vers mon Chef, & cours le recevoir.

SCENE

SCENE VI.

LE DUC D'URBIN, ALTÉMORE, AVOGARE, *entrant furtivement après que Baïard est sorti.*

ALTÉMORE, *au Duc, après avoir regardé si tout le monde est sorti.*

Nemours veut des Bressans attaquer les murailles,
Seigneur : ne tentez point le destin des batailles.
Que, par un feint Traité, dans la Ville introduit,
Ce Prince avec les siens expire cette nuit :
Vous verrez mon projet dans les mains de Pescaire ;
Seul, des Foudres nouveaux il connaît le mystère :
Ferdinand l'a chargé de servir mes desseins ;
Et, Chef des Espagnols réunis aux Romains....

URBIN.

Arrêtez. Sans l'aveu de Rome & de Venise,
(*En regardant Avogare.*)
Ferdinand peut payer deux Traîtres qu'il méprise :
Je ne veux point entrer dans vos lâches complots,
Et je vais, en Héros, combattre des Héros.
Vos infâmes secours flétriraient ma victoire ;
Je triomphe sans honte, ou succombe avec gloire.
Adieu.

SCENE VII.

ALTÉMORE, AVOGARE.

ALTÉMORE.

Ne craignez rien de sa fausse vertu,
Seigneur : il n'est pas maître, & son Camp m'est vendu.
Du retour de Gaston l'extrême diligence,
Changeant tous nos projets, sert mieux notre espérance ;
Les Français, empressés d'accourir vers ces murs,
Viennent se réunir dans des piéges plus sûrs ;
J'aime à voir, par leurs soins, notre attente remplie ;
Nous allons, d'un seul coup, délivrer l'Italie.

AVOGARE.

Quel jour serein vient luire à mes yeux affligés !
Mon Épouse & mon Fils, vous serez donc vengés !
Vous fûtes des Français les premières victimes.
Pour préparer mes coups, hélas ! trop légitimes,
Depuis deux ans entiers, ma tranquille fureur
Par cent détours obscurs se traîne avec lenteur ;
Qu'elle se lève enfin dans ce jour de vengeance,
Et d'un fer imprévu frappe avec assurance.
Mes Tyrans à ma foi semblent s'abandonner,
Leur crédule candeur ne sait rien soupçonner :
Affectant sur mon Fils une douleur commune,
J'accusai de sa mort la Guerre & la Fortune ;
Je sus flatter Nemours qu'à force de bienfaits
Il consolait ce cœur ulcéré pour jamais :

Baïard croit à sa main ma Fille réservée :
Ils sont loin de penser que, par moi soulevée,
Bresse ait reçu de moi des armes, des soldats,
Par ces longs soûterrains qu'ils ne connaissent pas :
Et, cette nuit encor, ma Garde conjurée
De ce Fort, aux Bressans, allait ouvrir l'entrée.

ALTÉMORE.

Seigneur, de mes complots, pour vous seul entrepris,
Votre Fille d'abord fut la cause & le prix ;
Vous m'offriez sa main, je vous voyais en Père ;
J'osais tout pour venger votre Fils & sa Mère.
Né dans Naple, & banni par son Usurpateur,
Je le vois, dans ces lieux, me rendre sa faveur :
Ferdinand, pour priver Nemours de la Couronne
Que Naple lui destine & que Louïs lui donne,
Vient de m'encourager par des bienfaits nouveaux
A tromper l'amitié de ce jeune Héros ;
Il me rend en secret le Duché d'Altémore ;
Du nom de Viceroi sa main me flatte encore :
Mais par un soin plus cher je me sens enflammé ;
Nemours est mon rival & mon rival aimé.

AVOGARE.

Va, je le soupçonnais, lorsque ma loi sévère
A ta naissante ardeur prescrivit le mystère :
De ta contrainte, Ami, vois les heureux effets ;
Euphémie & Gaston te livrent leurs secrets :
Ils ignorent ma haîne & notre intelligence.
Mais pourquoi leur amour dans l'ombre du silence....

ALTÉMORE, *vivement.*

Nemours à son Amante avait donné sa foi

De ne rien déclarer, sans l'aveu de son Roi.
Il vient de l'obtenir, & mes justes allarmes....

AVOGARE.

Pour combattre leurs feux j'ai de puissantes armes.
Quand Baïard apprendra qu'on cherche à lui ravir
Celle qu'en digne Amant il croyait obtenir;
Lui, dont le bras vengeur disputant Euphémie,
Du fier Sotomaïore a terminé la vie....

ALTÉMORE, *très-vivement.*

Ciel! je vais, l'un par l'autre, immoler mes rivaux!
France, en les divisant, on perd tous tes Héros;
Par leurs jaloux débats nous donnant la Victoire,
L'Amour, pour les aigrir, est plus fort que la Gloire;
De la même Beauté quand leurs cœurs sont épris,
Il ne faut qu'un regard pour perdre deux Amis.

AVOGARE.

Ah! si l'Amour entre eux n'arme point la Vengeance,
Il va, des grands objets, distraire leur prudence;
Et détourner leurs soins, par un désordre heureux,
Loin des piéges mortels rassemblés autour d'eux.
Viens, & tâchons sur-tout de leur rendre la Ville....

ALTÉMORE.

Oui: leur perte y devient plus sûre & plus facile:
Là, le gouffre enflammé sous leurs pas va s'ouvrir;
Ce n'est qu'en y tombant qu'on le peut découvrir.

Fin du premier Acte.

ACTE II.

SCENE PREMIERE.

AVOGARE, EUPHÉMIE.

EUPHÉMIE.

MON pere !...

AVOGARE, *en fureur.*

Non. Ma haîne en est plus affermie.

EUPHÉMIE.

Croyez que vos secrets gardés par Euphémie....

AVOGARE.

Va, tu m'en répondras, puisqu'ils sont dans ta main :
Je vois que tu sais tout, & je nierais en vain. —
Quel perfide à tes yeux dévoila ce mystère ?

EUPHÉMIE.

Un Mortel vertueux dont le nom se doit taire.

AVOGARE.

Je saurai le connaître, il mourra par mes coups.

(*Plus tranquilement.*)
Mais Gaſton s'eſt flatté de ſe voir ton Époux ;
Il croit que tu réponds au feu qui le dévore.

EUPHÉMIE.

Eh ! peut-il ſe tromper, quand il croit qu'on l'adore ?
Mon ame s'ouvre à vous, pour mieux vous attendrir.
Avant de voir Nemours, j'appris à le chérir ;
Au récit de ſa gloire en tous lieux répandue,
D'un trouble intéreſſant je me ſentais émue :
Au bruit de ſes périls on me voyait pâlir ;
Ses exploits, en ſecret, ſemblaient m'enorgueillir :
Mon cœur, vers ces climats, appelait ſa vaillance ;
J'oſais lui ſouhaiter, dans mon impatience,
Des triomphes nouveaux, de nouvelles vertus ;
Et mes vœux, chaque jour, ſe voyaient prévenus.
Les lauriers d'Agnadel venaient d'orner ſa tête,
Lorſque, par un aſſault, Breſſe fut ſa conquête :
Vous vîtes ſa valeur, ſa grace, ſes bienfaits
Enchanter tous les cœurs ſurpris & ſatisfaits :
Comme il daigna pleurer ſur le ſort de mon Frère,
Victime, en cet aſſault, d'un zèle téméraire !
Mais avec quel reſpect ſes dons conſolateurs
Verſaient autour de nous l'oubli de nos malheurs !
Vous en fûtes touché. Baïard, en ſon abſence,
Ignorant ſon amour, brigua notre alliance ;
Je n'eus point de raiſon pour rejeter ſa foi,
Tant que Nemours m'aima ſans l'aveu de ſon Roi.
Hélas ! à s'enflammer la Paſſion plus lente,
Dans une ame ſévère en eſt plus violente ;
Baïard ne cède point. — Ciel ! vais-je être aujourd'hui
Un flambeau de diſcorde entre Nemours & lui ?

Mais un plus grand danger m'allarme pour mon Père :
On va de vos complots pénétrer le myſtère :
Et qui ſait ſi Louïs, après vos noirs détours,
Voudra permettre encor la clémence à Nemours ?
Ah ! pour vous faire un droit à leur bonté ſuprême,
Abjurez vos fureurs : avouons-les nous-même :
Il n'eſt point de pardon que ne puiſſe obtenir
L'Amour mêlant ſes pleurs à ceux du Repentir.

AVOGARE.

Qui ? moi, ſacrifier à ton indigne flamme
Le plaiſir de venger & mon Fils & ma Femme !
N'as-tu pas vu ton Frère, en ce même Palais,
Expirer à tes pieds ſous les coups des Français ?
Là, mes bras ont preſſé les reſtes effroyables
De ſon corps déchiré par leurs lances coupables.
Sa main ſerra ma main pour la dernière fois :
Les accens étouffés de ſa plaintive voix
Ne purent que nommer la Vengeance & ſon Père.
Je la jurai ſur lui, ſur ſa mourante Mère :
Sa Mère, en s'immolant près d'un Fils malheureux,
Invitait ma douleur à les ſuivre tous deux :
Ta barbare tendreſſe arrêta ma furie.
Va, c'eſt pour me venger que j'ai ſouffert la vie.
Va, tu ſais que mon cœur, pour haïr les Français,
N'avait pas attendu tous les maux qu'ils m'ont faits ;
Pour fruit de leurs dédains recueillant notre haîne,
Tout les abhorre ici : leur Nation hautaine
Nous croit nés pour ſervir ſous vingt Tyrans divers,
Et trop heureux encor de préférer ſes fers.
En vengeant ma Maiſon, j'affranchis ma Patrie :
Le Ciel pour les Français n'a point fait l'Italie :

De quel droit venaient-ils, du fond de leurs États,
Porter dans mes foyers le deuil & le trépas ?
Du moins, que, leurs malheurs consolant ma misere,
Ce jour soit le dernier pour leur Armée entière;
Que, dans toute la France, on voye avec effroi
Des Pères désolés qui pleurent comme moi.

EUPHÉMIE.

Dans quel égarement la fureur vous engage!
Des Aïeux de Louïs Milan fut l'héritage;
La naissance nous place au rang de ses Sujets,
Et nous fait partager ce grand nom de Français.
A votre Souverain cessez d'être infidèle;
Gloire, intérêt, devoir, vers lui tout vous rappelle.
Ah! remplacez le Fils que vous avez perdu,
Par un Fils plus illustre & plus grand en vertu;
Qui, portant avec moi votre sang sur le Thrône,
Fait rejaillir sur vous l'éclat de sa Couronne:
Nemours met à vos pieds un Sceptre glorieux,
Où n'osait s'élever votre œuil ambitieux;
Et vous, prêt à frapper son cœur qui vous révère,
Vous aimez mieux vous voir son Bourreau que son Père!

AVOGARE.

Crois-tu que ma raison embrasse imprudemment
Ce Fantôme de gloire offert à ton Amant;
Que dans Naples jamais il garde la Couronne
D'un Peuple qui la brise aussi-tôt qu'il la donne?
Nemours est-il plus grand, plus puissant, plus heureux
Que Charle & que Louïs, qu'on en priva tous deux?
S'il se voit, à son tour, chassé de l'Italie;
Il faudra donc le suivre; &, loin de ma Patrie,
Traîner de mes vieux ans le reste infortuné,

D'un Prince ſans États Courtiſan dédaigné ?
Je ſuis libre en ces lieux ſous la loi de Veniſe,
Et Chef d'une Province à mon pouvoir ſoumiſe :
Les titres, les honneurs, ſur ma tête amaſſés,
Sur celle de mon Fils étaient encor placés.
(*Avec tranſport.*)
Mon Fils était ma gloire & ma ſeule eſpérance ;
Son nom déja fameux doublait mon exiſtence ;
Dans ſa tombe, avec lui, tout eſt fini pour moi ;
C'eſt un ſang étranger qui doit naître de toi ;
Sur la Terre, à jamais, mon Nom meurt & s'efface ;
Les Fils de ton Époux ne ſont rien dans ma Race.

EUPHÉMIE.

Voilà comme mon Sexe eſt ici chez les Grands !
Ils nous comptent à peine au rang de leurs Enfans.
Un Fils, flattant leur Nom d'une grandeur future,
Eſt aimé par l'Orgueil plus que par la Nature.
Mon Père, quoi ! jamais l'excès de mon amour
N'amènera votre ame au plus faible retour ?
Ah ! j'ai droit de me plaindre, & je demande grace.
(*Elle ſe met à genoux.*)
Eſt-ce un bonheur pour vous de combler ma diſgrace ?
Votre cœur iſolé n'a rien autour de ſoi :
Que le beſoin d'aimer le tourne enfin vers moi.
Souvent à ſe venger mettant ſa ſeule étude,
De ce noir ſentiment on fait une habitude.
Laiſſez-vous entraîner par un plus doux penchant ;
La Nature, à vos pieds, jette un cri ſi touchant !
Hélas ! ne changez point, pour la tendre Euphémie,
En un ſupplice affreux le bienfait de la vie ;
A l'Auteur de mes jours, en ſauvant ſa vertu,

Je rendrai, s'il le veut, plus que je n'ai reçu.

AVOGARE.

Leve-toi. Ta prière & me lasse & m'offense.
Je n'ai, dans l'Univers, de bien que ma vengeance:
(*Avec fureur.*)
Je donnerais pour elle & mon sang & le tien;
Ton cœur dénaturé n'appartient plus au mien;
Esclave du Tyran qui perdit ta famille,
Amante d'un Français, non, tu n'es plus ma Fille.

EUPHÉMIE.

Seigneur....

AVOGARE.

Mais quelqu'un vient. C'est l'Ami de Nemours.
Perfide, livre-lui mes secrets & mes jours;
Mais tremble.

EUPHÉMIE.

Malheureuse!

(*Tandis qu'elle reste dans l'accablement, Avogare sort en faisant à Altémore un signe d'intelligence.*)

SCENE II.

ALTÉMORE, EUPHÉMIE.

EUPHÉMIE, *vivement.*

AH ! vous aimez mon Père :
Il a, de votre exil, ſoulagé la miſère :
Il va ſe perdre ; hélas ! ſoyez ſon protecteur ;
C'eſt moi qui, de Nemours, fis votre bienfaiteur ;
Entre vos deux Amis votre devoir vous place.

ALTÉMORE, *avec une feinte ſurpriſe.*

Quel diſcours !

EUPHÉMIE.

Prévenez leur commune diſgrace....
Je vois Gaſton, Baïard, de leurs Chefs entourés ;
Seigneur, éloignons-nous.

SCENE III.

GASTON, EUPHÉMIE, ALTÉMORE, BAÏARD, D'ALÈGRE, CHEVALIERS FRANÇAIS.

GASTON, *courant à Euphémie. Il tient à la main un plan roulé.*

MADAME, demeurez ;
Vous voyez vos Soldats. Cette pompe guerrière
Aux Filles des Héros n'est jamais étrangère :
Un seul de vos regards, enflammant vos Vengeurs,
Peut, au-dessus d'eux-même, élever leurs grands Cœurs.
Quand c'est pour la Beauté qu'ils courent à la gloire,
Les Français font voler le char de la Victoire.
Mais que vois-je ? vos yeux semblent mouillés de pleurs.

EUPHÉMIE.

Prince, ce jour de gloire est un jour de douleurs.
Mon Père, ses dangers.... les vôtres.... ma Patrie....
Tout jette la terreur dans mon ame attendrie.

BAÏARD.

La terreur ! quand Nemours traversant tant d'États,
Vengeur de deux Cités, Vainqueur dans trois combats,
Domte, en si peu de jours, par un talent suprême,
Et tout l'Art des Humains & la Nature même !
Grace à leur nouveau Chef, qui finit leur malheur,
La gloire des Français égale leur valeur :

Ils craignaient pour Milan, Jule tremble pour Rome :

(En montrant Gaston.)

Et c'eſt la même Armée, on n'y changea qu'un Homme.

GASTON.

Cet Homme, à ſon bonheur, doit bien plus qu'à ſon Art :
Avec de tels Guerriers que n'eût point fait Baïard ?

BAÏARD, *vivement.*

Moi ? vos huit derniers jours valent ma vie entière.
Votre marche ſavante eſt un coup de lumière,
Qui montre un Art nouveau que vous ſeul poſſédiez :
Je meſurais l'obſtacle, & vous le ſurmontiez.

GASTON, *à Baïard.*

J'ai dû mon vol rapide à mes rigueurs utiles ;
J'ai banni de mon Camp ce vain luxe des Villes,
Qui, retardant toujours la courſe des Héros,
Amoliſſait des bras formés pour les travaux ;
A ces mâles Guerriers peu jaloux de leurs charmes,
Le luxe que j'ordonne eſt l'éclat de leurs armes.

(Aux Chevaliers.)

Amis, pour peu d'inſtans, ſuſpendons le combat ;
Quatre heures ſuffiront aux beſoins du Soldat.
Je veux, dans Breſſe même, aſſaillir cette Armée,
A l'ombre de ſes Tours lâchement renfermée,
Qui devrait, déployant ſes Bataillons nombreux,
Preſſer ma faible Troupe & l'écraſer entre eux :
Ce prodige nouveau doit tenter ma vaillance :
Aux exploits de Fornouë accoutumons la France :
Charle y brava l'effort de trois puiſſants États,
Et fit plus de Captifs qu'il n'avait de Soldats.

(*Avec une joie douce.*)

Chevaliers, je réclame une autre Loi chérie:
On plaît à la Beauté, quand on sert la Patrie.
Voyons, avec éclat, qui de nous, en ce jour,
Saura, par plus d'honneur, mériter plus d'amour.

(*Vivement, en montrant Euphémie.*)

Voilà le digne Objet de ma flâme fidèle,
D'une ardeur que Louïs permet que je révèle:
Dès long-tems mon hommage a su plaire à ses yeux....

BAÏARD, *à part.*

Ciel!

GASTON, *plus vivement.*

Si ce jour peut voir mon front victorieux,
Demain je veux unir, dans Bresse encor sanglante,
A sa main vertueuse une main triomphante;
Et dans Naples bientôt la guidant avec vous,
Pour la mieux mériter, couronner son Époux.

BAÏARD.

Son Époux! Vous, Seigneur?

GASTON.

D'où naît votre surprise?

BAÏARD.

Vous connaissez Baïard, & quelle est sa franchise;
Prince, j'aime Euphémie, & l'aime avec fureur.

GASTON, *avec douleur.*

Qui? vous, — me l'enlever? — C'est m'arracher le cœur.

BAÏARD, *avec passion, mais sans éclat.*

Ah! qui veut me l'ôter, me doit ôter la vie.

GASTON.

Baïard !

EUPHÉMIE, *à Gaſton.*

Eh ! modérez.....

BAÏARD, *avec humeur.*

Vous l'aimiez, Euphémie !
Vous me cachiez vos feux ! — Et j'en ſuis plus jaloux.
Mais reſpectez ici les droits que j'ai ſur vous :
La foi de votre Père à ma foi vous engage,
Et je ſais conſerver le prix de mon courage.

GASTON, *vivement.*

(En montrant Euphémie.)
Mes titres ſont égaux, mon courage, & ſon choix.
(Plus tranquilement.)
Nemours, comme Baïard, ſait conſerver ſes droits.

BAÏARD.

Eh bien ! Seigneur, il faut.... Mais mon devoir m'impoſe ;
Votre Nom, votre Rang....

GASTON.

Mon Rang ? Je le dépoſe :
Et l'Amour & l'Honneur vous rendent mon égal.

BAÏARD.

Ah ! vous m'êtes plus cher que mon premier rival.

GASTON.

Comment ? Que dites-vous ?

BAÏARD, *avec force.*

Ce qu'Euphémie ignore ;
J'ai diſputé ſa main contre Sotomaïore ;
Armé par l'Amour ſeul, j'immolai ce Guerrier.

GASTON.

Les exemples, Baïard, ne peuvent m'effrayer. —
Mais j'ai dû vous entendre, & ce mot doit suffire.
(Aux Chevaliers.)
Vous, aux postes fixés que chacun se retire;
Et qu'on attende en paix le moment de l'assault.

(Les Chevaliers ne se retirent pas; ils paraissent agités, & parlent bas entr'eux. Nemours continue en prenant Baïard par la main.)

Je vous connais un cœur & trop juste & trop haut,
Pour oser soupçonner que jamais la Patrie
Souffre de nos débats, & soit plus mal servie.
Je vous charge, Baïard, d'observer de plus près
Mon ordre de bataille, & mes desseins secrets.
(Il lui remet le Plan roulé.)
Voyez si ma jeunesse a trompé ma prudence;
Ouvrez sur mes projets l'œuil de l'Expérience.
Quand nous aurons vaincu pour l'honneur de l'Etat,
Je verrai si le mien veut un autre combat.

BAÏARD, *ému.*

Seigneur.....

GASTON.

Allez, Baïard.

(Baïard sort; les Chevaliers le suivent.)

SCENE

SCENE IV.

GASTON, EUPHÉMIE.

EUPHÉMIE.

NEMOURS, qu'allez-vous faire ?
Pensez-vous que j'approuve un amour sanguinaire,
Qui, par vous, d'un Ami va déchirer le sein,
Ou vous faire tomber sous sa coupable main ?
Et c'est moi, juste Ciel ! moi, qui perdrais encore
Un Héros que j'admire, ou celui que j'adore !

GASTON.

Calmez ce tendre effroi. Baïard peut se domter ;
Je lui laisse le tems de se mieux consulter.
Qu'en vous cèdant à moi Baïard me satisfasse,
C'est l'unique moyen d'expier sa menace :
Si j'avais pu me vaincre, une telle fierté
M'en aurait, pour jamais, ravi la liberté.
Mais un premier transport peut égarer sa flâme,
Garde-t-on, près de vous, l'empire de son ame ?
Moi-même, malgré moi, de colère animé....
Il est plus excusable ; il n'était point aimé.

SCENE V.

GASTON, EUPHÉMIE, AVOGARE.

AVOGARE.

AH ! Prince, pardonnez ma fatale imprudence ;
Il est vrai, de Baïard j'ai flatté l'espérance :
Croyais-je que Nemours descendrait jusqu'à nous ?
Baïard menace en vain, Euphémie est à vous.

GASTON.

Comte, j'ai renfermé la flâme la plus pure,
Tant qu'un refus du Roi pouvait vous faire injure :
C'est pour vous l'épargner, qu'en pressant ce lien,
Même avant votre aveu, j'ai recherché le sien.
Ne craignez point Baïard, je défendrai mon Père ;
Puissent mes tendres soins & mon respect sincère
Rendre, après tant de pleurs, un Fils à votre amour !

AVOGARE.

Mes pleurs vont être enfin essuyés en ce jour.
O mon Fils, recevez ce doux nom qui m'honore.

(Il l'embrasse.)

EUPHÉMIE, *à part.*

Il l'embrasse à mes yeux, quand je sais qu'il l'abhorre !
(A Nemours.)
Non, cher Prince ; cessez de m'offrir votre main :
Ah ! mon Père sait trop que je vous aime en vain.
Sans ce fatal combat que mon malheur prépare,
Un destin plus cruel aujourd'hui nous sépare :

Toujours par un malheur un autre est amené,
Et l'Infortune encor cherche l'Infortuné.

AVOGARE, *bas à Euphémie.*

Oses-tu bien?.....

GASTON, *à Euphémie.*

Quoi donc?

EUPHÉMIE, *avec embarras, & regardant quelquefois son Père.*

De nos Bressans rebelles
Vos yeux vont démêler les trames infidelles,
Et votre bras vengeur est prêt à les punir. —
Ma Famille est dans Bresse, & le sang peut m'unir
A des cœurs criminels, — proscrits avec justice;
Mais — dont vous me verriez partager le supplice.

GASTON, *à Avogare.*

Mon Père! Et vous aussi, craignez-vous que mon cœur,
Sur ce qui vous est cher, n'étende sa rigueur? —
(A Euphémie.)
Le Neveu de Louis, armé par sa Vengeance,
N'est-il pas en secret chargé de sa Clémence?
Ah! qui versa des pleurs tremble d'en voir couler;
Et plus on a souffert, mieux on sait consoler.
Louis, dans les reflus d'une Cour orageuse,
Vit le Sort opprimer son ame courageuse;
Il pleura près du Thrône où l'appelait son Sang;
Il parvint aux Vertus, comme au suprême rang,
Par une route, hélas! aux Rois trop peu commune,
Par cet heureux sentier de l'utile Infortune;
Son cœur, qui la connut, est plus tendre à sa voix;
Le meilleur des Humains est le plus grand des Rois:
Et moi, dont ses revers ont assiégé l'enfance,
Par les mêmes leçons j'appris la bienfaisance.

EUPHÉMIE.

Quoi! vous pardonneriez à l'aveu du forfait?...

SCENE VI.

GASTON, EUPHÉMIE, AVOGARE, ALTÉMORE.

ALTÉMORE, *à Gaston.*

PRINCE, Baïard pour vous m'a remis ce Billet.

GASTON *le prend & lit.*

» Lorsque l'on fit outrage, & qu'il faut qu'on répare,
» On doit, sans différer, satisfaire un grand Cœur;
» Prince, je puis mourir dans l'assault qu'on prépare,
» Et ne veux point mourir comptable envers l'Honneur;
» Que mon Chef lui-même choisisse
» Les armes, les témoins, & les juges du Camp;
» Qu'il hâte un beau moment de gloire & de justice;
» Je me crois son Ami, même en le provoquant.

AVOGARE.

Reconnait-on Baïard à ce nouvel outrage?

GASTON.

Je reconnais l'Amour, la seule erreur du Sage.
(*A Altémore.*)
Qu'il s'apprête à l'instant, & que pour ce combat......

EUPHÉMIE, *impétueusement.*

Non, je cours m'opposer à ce double attentat.
(*Regardant son père.*)
Le plus pressant péril doit entraîner mon ame:
(*A Gaston.*)
J'éclairerai Baïard sur les droits qu'il réclame;

Il verra qu'en voulant tyrannifer mon choix,
Des dignes Chevaliers il foule aux pieds les loix;
Que, s'il fe perd lui-même, il trahit fa Patrie;
Que, s'il tranche vos jours, il m'arrache la vie.
Dans le fond de fon cœur, je prendrai pour appui
L'orgueil que met un Sage à triompher de lui;
J'oferai me fervir de ce pouvoir fuprême,
Que l'Objet qu'on adore a contre l'Amour même:
Et, fi tant de devoirs font bravés fans égard,
Le Vainqueur de Nemours.... ou celui de Baïard,
N'emportera, pour prix de fa gloire cruelle,
Que la publique horreur & ma haîne éternelle.

(Elle fort.)

SCENE VII.

GASTON, AVOGARE, ALTÉMORE.

GASTON.

TOus fes efforts font vains. Après ce grand éclat,
C'eft moi qui maintenant vais preffer ce combat.
Baïard, je différais un malheur néceffaire;
Mais tu veux le hâter, il faut te fatisfaire.

AVOGARE, *à Altémore, avec une colère feinte.*

Seigneur, un tel billet dut refter dans vos mains:
La Prudence...

ALTÉMORE, *avec une fauffe naïveté.*

Baïard me cachait fes deffeins.
Et d'ailleurs, pour lui feul je permets qu'on frémiffe;
Nemours a pour appui fon bras & la juftice:
Le Ciel, au champ d'honneur combat pour la vertu:

(D'un air mystérieux.)

Et le cœur de Baïard à ce Ciel est connu.

GASTON.

Comment ?

ALTÉMORE.

Baïard ici se vendait à Rovère ;

Vous punirez un Traître autant qu'un téméraire.

GASTON.

Baïard un Traître ? lui ? — vous l'osez soupçonner ? —

Vous n'êtes point Français, on peut vous pardonner.

ALTÉMORE.

Cependant....

GASTON.

Croyez-moi, l'oubli de cette injure

Est de mon amitié la marque la plus sûre. —

Mais quoi ! je combattrais ce Héros vertueux !

(Se parlant à lui-même.)

Je sens trop qu'en secret l'Espoir présompteux

Me dit, qu'heureux Vainqueur d'un Mortel invincible,

Gaston ne verrait plus de triomphe impossible ;

Que la France, l'Europe & l'Univers entier,

De leurs Guerriers en moi vanteraient le premier. —

Chassons d'un tel desir l'orgueilleuse infamie.

J'entends gémir plus haut l'Amitié, la Patrie.

(A Avogare.)

Hélas ! j'aime Baïard ; & ce fer destructeur,

Au travers de ses flancs, va rechercher son cœur !

Ce cœur, de l'Honneur pur asyle vénérable,

De toutes les Vertus trésor inépuisable.

O Guerrier-Citoyen qui fis tout pour ton Roi,

Jusqu'à t'abbaiser même à le servir sous moi ;

Va, mourant par tes coups, je t'aimerais encore.

(Avec colère.)
Honneur, cruel Honneur! je te sers & t'abhorre:
Et vous, Lauriers affreux dont il faut me couvrir,
Même en vous déteſtant, je vole vous cueillir.
(A Altémore.)
Vous, allez à Baïard reporter ma réponſe.

(Il le retient.)
Mais il eſt un obſtacle, Amis, & tout l'annonce.
Si l'Armée apprenait ce dangereux hazard,
Tous les cœurs entre nous formeraient un rempart.
Seuls Maîtres du ſecret, gardez de le répandre.

(A Altémore.)
Que Baïard, dans une heure, ici vienne ſe rendre:
L'épée eſt ma ſeule arme & plaît à ſa valeur;
Contre Sotomaïore il fut ainſi vainqueur:
Eloignons tout Français. Avogare, Altémore,
Vous ſerez nos témoins.

AVOGARE.

Moi?

GASTON.

Ce choix vous honore.

(Il fait ſigne à Altémore de partir, & celui-ci obéit.)

AVOGARE, *prenant la main de Gaſton.*

Mon Fils!

GASTON.

Ciel! — Euphémie! Ah! trompons ſes douleurs.
Quels que ſoient mes deſtins... vous eſſuierez ſes pleurs.
Je vais donner mes ſoins, s'il faut que je ſuccombe,
Pour que l'Etat triomphe en pleurant ſur ma tombe.
O Baïard! ſi je meurs, j'acquitterai Louïs;
Je veux, en t'accablant de bienfaits inouïs,

Rendre encor mon Vainqueur jaloux de ma mémoire ;
Et mettre ma défaite au-dessus de ta gloire.

(*Il sort.*)

SCENE VIII.

AVOGARE, *seul.*

COMME mes Ennemis viennent servir mes vœux !
Mais.... O nouveau bonheur ! — Ils sont perdus tous deux.
Seuls témoins d'un combat que leur Armée ignore,
Leur vie est dans mes mains, dans celles d'Altémore :
Nous pouvons, saisissant le Vainqueur éperdu,
L'immoler, sans péril, dans le sang du Vaincu.
Allons, & qu'aussitôt les portes soient livrées :
Appelons, dans ce Fort, nos Cohortes sacrées.
France, tous tes soldats surpris, enveloppés,
Vont, sans ordre & sans Chef, être par-tout frappés.
Qu'à peine il en reste un qui puisse, en sa retraite,
A ton Prince tremblant annoncer leur défaite.
Va, l'Italie en toi vit toujours son Fléau :
Mais toujours des Gaulois elle fut le Tombeau.

Fin du second Acte.

ACTE III.

SCENE PREMIERE.

AVOGARE, ALTÉMORE.

(*Ils entrent par deux côtés opposés.*)

ALTÉMORE.

LEs efforts d'Euphémie ont été superflus,
Et l'amour de Baïard s'en irrite encor plus.

AVOGARE.

Pescaire est prés du Pont, il va s'en rendre maître;
Au signal convenu nous le verrons paraître.

ALTÉMORE.

L'heure approche; & bientôt l'un de ces deux Guerriers,
En triomphant pour nous, tombe sur ses lauriers.

AVOGARE.

Mais dis-moi: Ferdinand veut-il, au fond de l'ame,
Qu'on ose assassiner le Frère de sa Femme?
T'a-t-il pu commander...

ALTÉMORE.

Il est de ces forfaits

Qu'un Souverain prudent ne commande jamais :
Sûr du vœu de son Maître, un Courtisan habile,
En lui sauvant la honte, achève un crime utile.
Le parti de Gaston dans Naple est dominant ;
Qui perd ce Prince, assure un Thrône à Ferdinand ;
L'inutile Vertu peut languir sans salaire,
Mais un pareil service est le grand Art de plaire.
Ah ! de nos fiers Tyrans j'admire la fureur ;
De leur chûte, à nos mains, ils dérobent l'honneur,
Votre Fille, comme eux, sert mes feux qu'elle ignore ;
Elle conduit le fer dans le cœur qu'elle adore ;
Expiant, malgré soi, ses indignes amours,
C'est elle qui m'immole & Baïard & Nemours.
Vengez-nous de vous même, ô conquérans avares,
Qui dépouillez nos Champs pour vos climats barbares
Vous qui, de tous nos biens Usurpateurs jaloux,
Nous ravissez encor les cœurs qui sont à nous.

AVOGARE.

Calme-toi. Crains qu'un mot ne décèle ta flâme ;
Il faut, plus que jamais, l'enfermer dans ton ame ;
Vois comme ma prudence enchaîne mon courroux :
Cacher ses Passions n'est pas un art pour nous.
Songe sur-tout, Ami, qu'au gré des conjonctures,
Il faut hâter, suspendre, ou changer nos mesures,
Unir ou séparer nos différens projets :
Le tems, l'occasion les doit trouver tout prêts.
Car je doute toujours que ce combat s'achève,
Qu'entre les deux Rivaux le Camp ne se soulève...

ALTÉMORE, *appercevant Baïard.*

Non, Seigneur : bannissez cet injuste soupçon :
Baïard vient, & je vole en avertir Gaston.

SCENE II.

AVOGARE, BAÏARD.

BAÏARD, *avec tranquilité.*

C'EST donc ici le Champ de ma gloire nouvelle ;
Je ne cueillis jamais une Palme plus belle ;
J'aime à vous voir mon Juge.

AVOGARE.

Ah ! croyez que mon cœur
Me ferait fuir ces lieux, s'il doutait du Vainqueur ;
Baïard va triompher, quand Baïard va combattre.
C'est un jeune imprudent que vous allez abbattre :
Je le plains. Mais, Seigneur, j'aurais bien plus gémi
De la nécessité de trahir mon Ami.
Je vous l'ai dit tantôt ; sans ce fatal remède,
Il faut, en rougissant, que mon Amitié cède
Au tyrannique abus des volontés du Roi,
Qu'Euphémie & Gaston font valoir contre moi.
Leur Amour mutuel, armé de la Puissance,
Menace de braver ma vaine résistance.

BAÏARD, *d'un air sombre & passionné.*

Elle adore Nemours, & l'avoue à mes yeux !
Chaque mot me rendait mon Rival odieux.
Quoi ! même en m'outrageant, elle en a plus de charmes !
Par quels ardens transports, mêlés de tendres larmes,
Elle a tout essayé pour vaincre mon amour !
Si l'Honneur à mes vœux permettait un retour,

S'il n'eût, d'un bras d'airain, marqué notre carrière,
L'Ingrate, & sa beauté changeaient mon ame entière.
(Avec indignation.)
Amour, ah ! sous quel joug m'as-tu donc asservi !
L'homme, par ton délire, à soi-même est ravi;
Tu lui fais une autre ame & transformes son être:
Baïard même, Baïard de son cœur n'est pas maître.
Mais j'apperçois Gaston. .

AVOGARE, *à part.*

C'est leur dernier moment.

SCENE III.

GASTON, BAÏARD, ALTÉMORE, AVOGARE.

GASTON.

BAÏARD, si la raison suit votre emportement,
En n'accusant que vous, plaignez-nous l'un & l'autre:
Nous devons à l'Honneur ou ma vie ou la vôtre.
Si c'est moi qui péris, ne craignez rien du Roi;
(Il remet à Altémore un paquet de papiers.)
Songez à le servir & pour vous & pour moi:
A ce prix de mon sang il a droit de s'attendre.
Mais hélas ! s'il vous perd, que pourrai-je lui rendre?
Recevez mes regrets & mon adieu fatal;
Embrassez un Ami....
(Il l'embrasse, & ensuite il met l'épée à la main.)
Combattez un Rival.

BAÏARD.

Prince, en vous offenſant, je me ſuis fait outrage :
J'ai voulu m'en laver dans le Champ du courage ;
Pour accroître l'honneur que j'y trouvai toujours,
Je ſais comment Baïard doit combattre Nemours.

(*A très-haute voix.*)

Entrez, braves Guerriers, fiers ſoutiens de la France.

(*Une foule de Chevaliers entrent.*)

GASTON.

Ciel !

AVOGARE, *à part.*

O revers !

BAÏARD, *vivement.*

Vous tous, témoins de mon offenſe,
Chabannes, Luxembourg, Tonnerre, d'Aubigny,
Briſſac, mon digne Emule ; & toi, cher Coligny ;
Vous, qu'en ſecret ici j'ai priés de vous rendre,
Pour un noble deſſein qui devait vous ſurprendre ;
(*A Euphémie qui entre par un autre côté.*)
Vous ſur-tout, digne Objet de mon fatal amour,
Vous, que ma faute honore ainſi que mon retour, —
(*Il tire ſon épée avec le fourreau.*)
Contemplez — de Baïard l'abbaiſſement auguſte ;
(*Il la poſe aux pieds de Gaſton.*)
Voyez comme il remplit le devoir noble & juſte,
Que l'Honneur véritable impoſe à la valeur,
Et comment un Guerrier ſe punit d'une erreur.

GASTON.

Attendri, tranſporté, je ſens couler mes larmes.
Le plus grand des Guerriers, Baïard me rend les armes !

(Il ramasse l'épée de Baïard, & lui donne la sienne) *.

Je garde ton Epée; & la mienne est à toi :
Tremblez plus que jamais, Ennemis de mon Roi,
Du glaive de Baïard ma valeur est armée :
Ce Sceptre de l'Honneur va guider mon Armée.
Vous, Français, apprenez si je suis à demi
Digne d'un tel Rival, digne d'un tel Ami.

(A Altémore.)

Remettez dans ses mains ce que je vous confie,
L'écrit qu'il recevrait s'il m'eût ôté la vie.

(Baïard prend le paquet.)

Vois que j'avais l'orgueil de vivre dans ton cœur :
Connais quelle dépouille eût orné mon Vainqueur;
Le Roi, si dans nos Camps je perdais la lumière,
M'a juré d'accomplir ma volonté dernière;
Et Baïard, par mon ordre, en terminant mes jours,
Devenait Comte & Duc de Foix & de Nemours;
En te donnant mon nom j'en étendais la gloire,
Et j'aurais confondu ta vie & ma mémoire.
Madame, à votre main j'avais même attenté;
Revivant dans Baïard, m'auriez-vous rejeté?
Votre Cœur magnanime eût imité les nôtres,
Un prodige d'honneur en fait inspirer d'autres : —
Dans l'ivresse où je suis, je ne sais même encor
Si l'élan de la Gloire & son sublime essor
N'entraînent point mon ame exaltée, aggrandie,
Au sacrifice entier... Non, ma chère Euphémie;

* Qu'il a remise dans le fourreau pendant que Baïard lui parlait.

Non : ce triomphe horrible eſt au-deſſus de moi.

BAÏARD.

Il m'appartient, Seigneur : un ſeul mot fait ma Loi,
On vous aime : ſongez à ma faute, à mon âge ;
Ce triomphe peut ſeul réparer mon outrage :
Oui, Madame, je cède au choix de votre cœur ;
(*A Avogare.*) (*A Euphémie.*)
Je vous rends votre foi. Pardonnez ma fureur ;
De ma faible raiſon j'avais perdu l'uſage :
Il faut bien que vos yeux excuſent leur ouvrage ;
Concevez où s'étend l'excès de leur pouvoir ;
Ils ont fait, à Baïard, oublier ſon devoir :
(*Vivement.*)
Mais, par un promt retour, mon Juge incorruptible,
Mon cœur, m'a remontré ce devoir inflexible :
Je l'ai vu, j'ai rougi : le ſacrifice eſt fait ;
J'ai provoqué Gaſton pour en preſſer l'effet :
Je tremblais que l'Honneur, dans l'aſſault qui s'aproche,
A mon dernier moment fît ſon premier reproche.
Je l'avouerai. Vos pleurs, vos ſoins pour me fléchir,
M'ont preſque retenu quand j'allais m'affranchir ;
Votre aſpect rend encor ma victoire pénible :
Ma perte, en vous voyant, me devient plus ſenſible ;
(*Avec force.*)
Mais à de vrais Guerriers, ſur eux-même abſolus,
Jamais les Paſſions ne coûtent des Vertus.
De mon pouvoir ſur moi je viens de me convaincre ;
Quand on ſe combat bien, l'on eſt ſûr de ſe vaincre.
Mon cœur, où plus de feux viennent de s'allumer,
Renonce à votre cœur, — mais non à vous aimer.
Je voue à vos appas ce reſpectable hommage,

Que la Beauté ſe plaît à permettre au Courage ;
Cet encens noble & pur, que tous nos Chevaliers
Brulent ſur ſes Autels au milieu des Lauriers ;
Il eut droit d'être offert aux plus illuſtres Reines :
Vous le ſerez, Madame : oui, vos loix ſouveraines,
Toujours, après Louïs, diſpoſeront de moi : —
(*En prenant la main de Gaſton.*)
Et c'eſt à votre Epoux que j'en donne ma foi.

EUPHÉMIE.

Dans mon raviſſement, à peine je reſpire.
Quel ſentiment profond tant de grandeur inſpire !
Ah ! s'il était un prix pour le plus vertueux,
Quel Mortel oſerait choiſir entre vous deux ?
(*A Gaſton.*)
Cher Prince, qu'il eſt doux pour ce cœur qui vous aime,
D'être offert à Gaſton des mains de Baïard même !
(*A Avogare.*)
Mais mon Père — veut-il permettre mon bonheur ?

AVOGARE, *à ſa Fille.* (*Bas.*)

Ton bonheur eſt le mien. — Tout eſt changé.

SCENE IV.

Les Acteurs précédens, D'ALÈGRE.

D'ALÈGRE, *à Gaston.*

SEIGNEUR,
Nos Canons, dirigés par votre heureuse adresse,
Ont fait crouler le mur & les Canons de Bresse ;
L'Ennemi, dans la plaine, est contraint de sortir ;
A tenter la Bataille il paraît s'enhardir.
J'ai vu se déployer les Drapeaux de Rovère,
Et briller vers ce Fort les Lances de Pescaire.

GASTON, *avec un éclat de joie.*

Enfin donc, une fois, ils nous viennent chercher !
Vole ; & que tout mon Camp se dispose à marcher.
(*D'Alègre sort.*)

BAÏARD, *très-vivement.*

Nous allons vaincre, Amis ; croyez-en ma promesse ;
J'ai le plan du combat tracé par sa sagesse :
Miracles du Génie & Chef-d'œuvres de l'Art,
Les projets de Nemours gouvernent le Hazard.

GASTON, *de même.*

Ah ! ton cœur & ton bras promettent plus encore.
(*A Euphémie.*)
Osez voir triompher l'Amant qui vous adore.
(*A Avogare.*)
Restez ici près d'elle, & montez sur la Tour.

AVOGARE.

Moi, qu'en lâche témoin j'admire ce grand jour!
Le Neveu de Louïs va me nommer ſon Père,
Et je veux mériter une gloire ſi chère.

GASTON, *toujours avec chaleur.*

Daignez donc la conduire, & vous ſuivrez nos pas.
(*Prenant Baïard par la main.*)
Viens: de notre querelle inſtruiſons nos Soldats;
Que, pleins de ta grande ame, ils marchent aux allarmes;
(*Aux Chevaliers.*)
O Français, ſoutenez la gloire de vos armes.
Qui pourrait aujourd'hui réſiſter à vos coups?
Vos deux Chefs ont l'honneur d'être dignes de vous.
(*Ils ſortent tous, à l'exception d'Avogare & d'Euphémie.*)

SCENE V.

AVOGARE, EUPHÉMIE.

EUPHÉMIE, *arrêtant son père prêt à sortir.*

Mon père! expliquez-vous. Quel dessein vous anime?

AVOGARE.

Peux-tu le demander? Je cours laver mon crime;
J'admire, je chéris ces sublimes Mortels.

EUPHÉMIE.

Grand Dieu!

AVOGARE, *avec enthousiame.*

Viens t'applaudir dans mes bras paternels;
Mes yeux sont dessillés, cet exemple m'accable;
O de leur Héroïsme ascendant incroyable!
Tous deux m'ont terrassé par ces foudres vainqueurs,
Dont s'arme la Vertu pour tonner dans les cœurs;
J'ai senti, malgré moi, son invincible flâme
Pénétrer dans mon sein, s'ouvrir toute mon ame,
Y porter les regrets, les remords déchirans:
Je me suis vu si vil près d'Ennemis si grands,
Que, détestant soudain ma noire perfidie,
Je me crois trop heureux si mon trépas l'expie.
(*En l'embrassant.*)
Adieu: pardonne-moi ma honte & ta douleur;
Tu me vois vertueux, tu me verras vainqueur.

SCENE VI.

EUPHÉMIE, *seule.*

CIEL ! mon cœur goûte enfin une volupté pure ;
L'Honneur y met en paix l'Amour & la Nature :
Après tant de tourmens mon Père m'est rendu.
Cher Amant, ses remords sont nés de ta vertu !
Je veux, à ton amour dérobant ce mystère,
Jamais devant tes yeux ne voir rougir mon Père ;
Et ton ame, ignorant qu'il a pu te trahir,
N'aura pas un moment cessé de le chérir.
Allons.... Mais ce combat....

(Elle s'arrête avec saisissement.)

Je me sens consternée. —
Pourquoi ? Nemours va vaincre, & c'est sa destinée. —
Ah ! souvent aux Vainqueurs le Sort cache un écueil ;
Dans leur Char de Triomphe il place leur cercueil.

Fin du troisième Acte.

ACTE IV.

SCENE PREMIERE.

EUPHÉMIE, *ſeule, & dans le plus grand déſordre.*

FUYONS, mes yeux ſont pleins de ce vaſte carnage.
Des fureurs des Mortels épouvantable image!
Le ſang qui ruiſſelait de tant de corps épars,
Ces têtes qui tombaient du haut de ces remparts:
Les fers étincelans, & les feux plus terribles,
Reproduiſant la mort ſous cent formes horribles,
Et pourſuivant par-tout mon Père & mon Amant.—
(*Elle s'aſſied.*)
Mon Père! qu'il m'eſt cher, hélas! en ce moment!
Dieu juſte, à la Vertu quand ta voix le rappèle,
Veux-tu rendre ſa perte à mon cœur plus cruelle?
(*Avec un peu de joie.*)
Mais Nemours!.. Sur la brèche, en Vainqueur, il montait,
Sur des monceaux de Morts la Gloire l'attendait. —
(*Se reprenant.*)
La Gloire! & c'eſt donc là que l'Homme l'a placée!

O délire infernal, barbarie insensée....

(*Elle se relève.*)

Quoi! j'entends jusqu'ici les cris des Combattans,
Percer le bruit lointain de cent Bronzes grondans; —
J'entends se rapprocher ces clameurs effroyables, —
Et gémir, sous ces murs, quelques voix lamentables!
Un cri plus douloureux me glace de terreur; —
Se peut-il!... je succombe..... Ah! je vois le Vainqueur.

(*Elle retombe sur le fauteuil.*)

SCENE II.

EUPHÉMIE, URBIN, GARDES.

URBIN.

Vous voyez un Captif, qui rougit peu de l'être;
La chaîne de Baïard va m'honorer peut-être.
Il marchait vers la Ville, à côté de Nemours;
Quand tous les Espagnols, par le Pont du Secours,
Ont tenté de ce Fort une attaque perfide.
Sur l'ordre de son Chef, Baïard, d'un pas rapide,
Court à ce Pont fatal, le voit sans défenseurs,
S'élance, arrête seul les Espagnols vainqueurs;
Fait revoir cet exploit, prodige de l'Histoire,
Qu'on disait fabuleux, mais qu'il nous force à croire:
Après un long combat les siens l'ont secouru;
Ils allaient triompher, quand j'y suis accouru:
De ce choc décisif je sentais l'importance:
Mais le nombre des miens, leur fière contenance,

A ce torrent fougueux ne peuvent résister ;
Leur courage impuissant ne sert qu'à l'irriter.
Redoublant des Français l'indomtable furie,
Dans son dernier Soldat Baïard se multiplie.
Je vois autour de moi mes Escadrons percés,
Leurs étendards ravis & leurs Chefs dispersés.
Resté seul à mon tour, il a fallu me rendre.
Hélas! dans quel moment! gémissez de l'apprendre ;
On venait de blesser ce Guerrier généreux ;
Il avait, sans frayeur, senti ce coup affreux.
Mais il tombe ; & l'on trouve, au défaut de l'armure,
Tout le fer d'une lance encor dans sa blessure ;
On craint, en lui portant un secours meurtrier,
D'arracher à la fois sa vie avec l'acier ;
On dit plus ; que le coup part de la main d'un Traître. —
J'en ai vu près de lui, que vous devez connaître.

EUPHÉMIE.

Non. Je n'en connais plus. Mais que devient Nemours ?

URBIN.

Les fiers Vénitiens lui résistent toujours :
L'Alviane est un Chef digne de sa vaillance ;
Il est juste qu'entre eux la Victoire balance.
On apporte Baïard.

SCENE III.

URBIN, EUPHÉMIE, BAÏARD, GARDES.

BAÏARD.

(Le corps entouré d'une écharpe, porté sur des étendards & des piques.)

L'EFFORT de la douleur,
Pénétrant dans mon sein, en détache mon cœur :
Dieu, je sens défaillir ma force anéantie.

(Après un peu de silence.)

Mon ame était à toi, mon sang à ma Patrie :
Mes cinq derniers Aïeux, morts au lit des Héros,
Reconnaissent leur Fils mourant sur des Drapeaux.

EUPHÉMIE.

Baïard, voyez les pleurs de la plus tendre Amie ;
Quels regrets pour Gaston !

BAÏARD, *d'une voix entrecoupée.*

C'est vous, belle Euphémie !
Eh bien ! ai-je eu raison d'expier mon erreur ? —
Je suis chéri de vous, & quitte envers l'Honneur.
Sans peur & sans reproche à mon heure suprême,
Je sens mon ame fuir contente d'elle-même. —
Vous direz à mon Roi, que j'ai béni mon sort
De lui faire, en vos mains, hommage de ma mort.

(La regardant tendrement.)
Croira-t-il qu'un Mortel ait pu céder vos charmes ?

SCENE IV.

Les Acteurs précédens, AVOGARE.

AVOGARE.

BAÏARD, à ton malheur je viens donner des larmes.

BAÏARD.

Un Traître m'a frappé ; ne pleure pas sur moi,
Pleure ce Malheureux qui viole sa foi.

AVOGARE.

De ta mort, en tous lieux, la nouvelle est semée ;
On dit que ce revers a fait fuir notre Armée,
Que l'Ennemi vainqueur....

BAÏARD, *se relevant un peu.*

Nemours est-il vivant ?

AVOGARE.

On le croit.

BAÏARD.

Et l'on dit l'Ennemi triomphant !
(Aux Français qui l'environnent.)
On vous trompe, Avogare.—Allons, qu'on me remporte;
Le péril de Nemours rend ma douleur moins forte.
Retournez à l'assault. Près de votre étendard,
Placez au premier rang les restes de Baïard ;
Ce front pâle & sanglant, ce bras faible & sans armes,

Aux Ennemis bientôt renverront les allarmes ;

(*Pendant qu'on l'emporte.*)

Ils ne m'ont pas encore entrevu sans frémir ;
Marchez, ils trembleront à mon dernier soupir :
Oui, je veux vous guider au fond de leurs asyles.
Du Guesclin au cercueil soumit encor des Villes.

(*Avogare le suit.*)

EUPHÉMIE.

J'entends crier Victoire & Nemours & Louis.

(*Avogare & les Français s'arrêtent.*)

SCENE V.

Les Acteurs précédens, D'ALÈGRE.

D'ALÈGRE.

Ce grand jour met le comble à la gloire des Lys :
L'Alviane est aux fers, & Nemours est dans Bresse.

URBIN.

Ciel !

D'ALÈGRE.

Parmi tous ses soins le premier qui le presse,
Chevalier vertueux, c'est le soin de vos jours ;
Nous venons y veiller. J'ai hâté les secours
Que l'Art va vous offrir sous un heureux auspice ;
Conduisons-le, Soldats, dans ce lieu plus propice.

(*Il montre une Chambre voisine.*)

BAÏARD.

Attends. — Avec ce fer mon ame peut ſortir.

(*Avec plus de force.*)

Cher Nemours ! Ah ! je veux, avant que de mourir,
Entendre le récit de ta gloire inouïe,
Et jouïr du beau jour que te doit ma Patrie.

(*A d'Alègre.*)

Conte-moi ſes exploits. Son ſang n'a point coulé ?

D'ALÈGRE.

La Foudre, autour de lui, vainement a volé.
Maître de ſoi, de tout, dans cet aſſault terrible,
Le Français, ſous ſa main, ſemble un Courſier flexible ;
Qu'il ſait, ſans nul effort, preſſer ou retenir,
Et dont la fière ardeur s'étonne d'obéir.
Tout-à-coup votre mort, à grand bruit annoncée,
Fit reculer d'un pas une troupe avancée ;
Mais l'aſpect de Nemours, dans le fond de leur cœur,
Fait de ce pas honteux l'aiguillon de l'Honneur :
» Français, vengeons Baïard, s'il eſt vrai qu'il ſuccombe ;
» Pourriez-vous, en fuyant, déshonorer ſa tombe ?
Ces mots, & la rougeur de ſon front indigné,
Quelques pleurs dont ſon œuil était même baigné,
Ont décidé ſoudain du ſort de l'Italie.
Dans Breſſe, vainement, le Romain ſe rallie :
En vain le Citoyen, ſous ſes toîts renfermé,
Verſe ſur les Vainqueurs le bitume enflammé ;
J'ai vu, (ce que jamais on ne pourra comprendre,)
Trente mille Guerriers ardens à ſe défendre,
Aidés de la Nature & des travaux de l'Art,
Par dix mille Français forcés dans un rempart ;
Et notre Armée en ordre au fort de la tempête,

Comme un Camp dessiné pour les jeux d'une Fête.

BAÏARD, *avec tranquilité.*

On peut m'ôter ce fer, dût-il trancher mes jours ;
Je vois la France heureuse, & lui laisse Nemours.

(*On emporte Baïard. D'Alègre & Urbin le suivent.*)

AVOGARE, *à part, & regardant Baïard.*

Va, pour ce fier Vainqueur tu peux trembler encore ;
Tu le laisses en bute aux poignards d'Altémore.

EUPHÉMIE.

Mon père, aux Assassins Nemours abandonné,
Comme Baïard, sans doute en est environné :
Je crains que, loin de vous, des Conjurés perfides,
Ignorant vos remords, & de son sang avides,
Dans son triomphe aussi n'attentent sur ses jours.
Si vous veilliez sur lui....

AVOGARE.

C'est mon devoir, j'y cours.

(*A part.*)

Mais je vois Altémore ! — & c'en est fait sans doute.

EUPHÉMIE.

Ah ! son trouble m'apprend ce que mon cœur redoute.

SCENE VI.

AVOGARE, EUPHÉMIE, ALTÉMORE.

AVOGARE, *à Altémore.*

EH bien?

EUPHÉMIE.

D'où naît, Seigneur, votre sombre embarras?
Que fait Gaston?

ALTÉMORE, *affectant un peu de joie.*

Vers vous il marche sur mes pas.

EUPHÉMIE.

Je cours lui présenter les Palmes de la Gloire:
C'est aux mains de l'Amour à parer la Victoire.

SCENE VII.

AVOGARE, ALTÉMORE.

AVOGARE.

QUOI! j'ai frappé Baïard, & Nemours est Vainqueur!

ALTÉMORE.

Il l'est pour un moment; ne craignez rien, Seigneur.

D'illuftres Chevaliers une Élite aguerrie,
Connaiffant qu'en fecret on menaçait fa vie,
L'entourait, le couvrait de leurs fuperbes rangs;
Le Glaive ne pouvait approcher de fes flancs.
Mais fa victoire enfin précipite fa perte,
Sous fes Lauriers trompeurs fa tombe eft entr'ouverte.
Le voilà dans la Ville, où nos piéges tendus
Par Urbin déformais ne font pas retenus:
En chaffant notre Armée, on ne l'a pas détruite;
Le terrible Pefcaire en a feul la conduite:
Il eft maître furtout de l'obfcur fouterrain;
Et cette nuit, dans Breffe, il va rentrer foudain.

AVOGARE, *vivement.*

J'ai fu l'en prévenir. Las d'un affault pénible,
Le Français va tomber dans un fommeil paifible:
L'imprudence le fuit fitôt qu'il eft Vainqueur,
Et toujours fon défaftre eft près de fon bonheur.

ALTÉMORE, *auffi vivement.*

Bien plus. Votre Palais dominant fur la Ville,
Nemours, par mes avis, en a fait fon afyle;
Il doit y raffembler le Confeil des Guerriers,
Et tous y vont périr par mes feux meurtriers.
C'était fous ce Palais, je vous l'ai fait connaître,
Que Pefcaire enfermait le dépôt du Salpêtre;
Je fais ce nouvel Art ignoré des Français,
Dont Navarre, à Bologne, a tenté les effais.
La Poudre, de la Terre entr'ouvrant les entrailles,
Fait voler dans les airs les pefantes murailles;
Et lance, avec fracas, les éclats difperfés
Des fondemens unis aux combles renverfés.

AVOGARE, *avec impétuofité.*

Allons. Qu'au même inftant, où ce nouveau tonnerre

Des Chefs des Ennemis aura purgé la Terre,
Pescaire & les Bressans, fondant de toutes parts,
Egorgent dans la nuit tous les Soldats épars.
Cours à ce grand objet que ton œuil doit conduire;
Moi, je garde ce Fort: & si Baïard respire,
Nemours enseveli dans ton gouffre infernal,
Pour immoler Baïard, deviendra mon signal:
Maître une fois du Fort, je te joins dans la Ville.
Je veux, en surpassant les meurtres de Sicile,
Insolens Etrangers, qu'un moment vous ait vus
De l'Italie entière à jamais disparus.

ALTÉMORE, *appercevant Euphémie.*

Votre Fille revient: retenez l'Infidelle;
Nemours n'a plus qu'une heure à se voir aimé d'elle.

(Il sort.)

SCENE VIII.

AVOGARE, EUPHÉMIE.

EUPHÉMIE, *s'approchant tout près de son père.*

(D'un air sombre, avec saisissement & les larmes aux yeux.)

Barbare, qu'ai-je appris? j'en frissonne d'horreur.
Quoi! vous m'avez trompée avec tant de noirceur!
Quoi! vous m'avez réduite au malheur nécessaire,
De ne compter jamais sur la foi de mon Père! —
Quelle vertu brillait dans son faux repentir!
Peut-on si bien la peindre, & ne pas la sentir?

AVOGARE.

Quels transports insensés !

EUPHÉMIE.

O jour de ma ruine !
Mon Père, au même instant, m'embrasse & m'assassine !

AVOGARE.

Téméraire, oses-tu ?....

EUPHÉMIE.

Ces mains, teintes de sang,
Du généreux Baïard n'ont pas percé le flanc ?

AVOGARE.

Moi ?

EUPHÉMIE.

Vous. Urbin a vu la rage qui vous guide
Enfoncer & briser votre lance perfide.
Son estime pour moi m'a su tout découvrir.

AVOGARE.

Ah ! de mon changement Urbin veut me punir ;
Il te donne un soupçon....

EUPHÉMIE.

Soupçonne-t-on son Père ?

(*Lui montrant un papier.*)

Voilà ce que vous-même écrivez à Pescaire :
Du meurtre de Baïard vous osez vous vanter ;
Du meurtre de Gaston vous osez le flatter.

AVOGARE, *confondu.*

Pescaire a pu trahir des secrets redoutables !...

EUPHÉMIE, *avec véhémence.*

Non. Pescaire jamais n'a trahi ses semblables ;
Exercé dès l'enfance aux talens de son Roi,
Quand on l'aide à tromper, on est sûr de sa foi.
Mais le sage Bressan, dont l'adresse & le zèle

M'ont

M'ont dévoilé jadis votre trame infidèle,
Vient de surprendre encor ce Billet odieux,
Que, par un promt message, il m'envoie en ces lieux:
Et, malgré ses vieux ans, la Vertu qui l'anime
Sait être infatigable autant que votre Crime.

AVOGARE, *à part.*

Précipitons l'instant, tous mes ressorts sont prêts.

(Il veut sortir.)

EUPHÉMIE, *le suivant.*

Si vous sortez, je cours publier vos projets.

AVOGARE, *la prenant par la main.*

Sais-tu que tu me dois.... que tu risques ta vie?

EUPHÉMIE.

(Avec le plus grand emportement de la rage & de la douleur.)

Frappez, reprenez-la quand vous l'avez flétrie:
Ma naissance est ma honte & fait mon désespoir,
Le malheur de ma vie est de vous la devoir. —
Que dis-je? Ah! pardonnez.

(Elle l'embrasse.)

Cher ennemi que j'aime,
Vous me devrez aussi vos jours, — malgré vous-même:
J'obtiendrai votre grace, ou mourrai près de vous.
Oui, cruel! — Oui, mon Père! Ah! si, dans mon courroux,
Ma bouche audacieuse a pu vous faire injure,
Mes yeux donnent encor des pleurs à la Nature.
Les sentez-vous couler? Pouvez-vous, sans douleur,
Les voir tremper la main qui m'arrache le cœur?

AVOGARE, *avec dissimulation.*

Cache donc mes secrets, par devoir, par tendresse:
Je crains tout, & demain je prétends quitter Bresse.

EUPHÉMIE.

Demain ! Eh ! vous avez quelque piége ignoré
Dont, cette nuit encor, l'effet est assuré :
Ce Billet me l'annonce. — Allons, le Ciel m'inspire ;
C'est Nemours, en secret, que je vais seul instruire.

AVOGARE.

Quoi ?....

EUPHÉMIE.

Le crime & l'aveu sont pour moi deux malheurs.
Mais, en sauvant Nemours, j'enchaîne ses rigueurs ;
Il me doit votre grace, elle est ma récompense.

(Elle veut sortir.)

AVOGARE, *se mettant au-devant d'elle.*

Comment ! tu veux livrer ma vie à sa vengeance ?

EUPHÉMIE, *très-rapidement.*

Votre cœur n'est pas fait pour connaître le sien ;
Vous le jugez par vous ; j'en juge par le mien.
Vous alliez m'immoler dans ce Héros aimable,
Il me respectera dans mon Père coupable :
Je dois, à sa vertu confiant vos destins,
Vous sauver des forfaits & des dangers certains.

(Elle veut encore sortir.)

AVOGARE, *furieux.*

Les dangers sont pour toi, Fille impie & barbare :
Redoute les transports où mon ame s'égare :
Je n'ai plus qu'un parti, celui du désespoir.
Les jours de ton Amant vont être en mon pouvoir :
C'est l'Auteur de mes maux, de la mort de ta Mère,
Le Chef des Meurtriers qui m'ont ravi ton Frère ;
Lui, qui peut-être même a déchiré son flanc ;
Et, je saurai mourir tout couvert de son sang.
Telle est cette vengeance aveugle dans sa rage,

Vertu de nos climats, Passion de mon âge.
Par-tout je vais te suivre, & m'attacher à toi;
Et si tu vois Nemours, ce sera devant moi.
Tremble : par un regard, un geste, un mot perfide,
Tu hâtes son trépas & deviens parricide :
Dussé-je être à l'instant puni par ses Soldats,
Je le perce à tes yeux, ou t'immole en ses bras.

EUPHÉMIE.

Où suis-je ? Que résoudre ? Ah ! quel état horrible !

AVOGARE.

Nemours vient. Je crains peu cette Garde terrible...
(Voyant qu'elle veut s'éloigner de lui.)
Arrête, Malheureuse; & reste à mes côtés;
Tu n'échapperas point à mes yeux irrités;
Renferme ta douleur, frémis qu'on ne la voie.

SCENE IX.

GASTON, AVOGARE, EUPHÉMIE, SUITE DE FRANÇAIS, *dont plusieurs portent des Drapeaux.*

GASTON, *à Euphémie.*

(Avogare se tient entre elle & Gaston.)

RASSUREZ-vous, Madame, & partagez ma joie.
(A Avogare.)
Que le Traître à présent doit être confondu !
Du salut de Baïard on nous a répondu;

On a tiré le fer & calmé sa souffrance ;
Sa plaie, aux yeux de l'Art, n'offre que l'espérance.
Quel bonheur pour l'État; pour nous, jeunes Guerriers !
Notre Empire perdait l'Honneur des Chevaliers,
Le Cœur dont la vertu nous inspire & nous guide :
Dans ton ame, ô Baïard, la Nation réside.
Lautrec, allez au Roi présenter ces Drapeaux,
Présages de la Paix où tendent ses travaux :
(A Euphémie.)
Qu'au Peuple de Paris mon triomphe va plaire !
Vous verrez à quel point la Gloire leur est chère ;
Quel prix leur tendre amour ajoûte à nos Lauriers !
Les cœurs des Citoyens sont bien dûs aux Guerriers.
(Lautrec sort avec les drapeaux ; les autres Français restent.)
Et Vous, sages Héros, à qui je rends hommage,
Vainqueurs des Ennemis & de votre courage,
Commandez vous toujours en sachant obéir :
Grace à ce feu prudent qui sait se contenir,
Jamais si peu de sang n'a payé tant de gloire ;
C'est par-là que Nemours estime sa victoire,
Que du cœur de Louis il accomplit les Loix.
Français, qui prodiguez votre sang pour vos Rois,
Vous méritez un Roi qui sache en être avare.
Allez, je vais vous suivre au Palais d'Avogare....

AVOGARE, *à part.*

Quel bonheur !

GASTON.

Cette nuit, nous y veillerons tous :
Que le Soldat repose, il souffre plus que Nous.
Epargnez l'Habitant; faible instrument du crime,
On l'en rend trop souvent la premiere victime.
(Toute la suite se retire.)

SCENE X.

GASTON, EUPHÉMIE, AVOGARE.

AVOGARE, *à part.*

IL reſte !

GASTON, *approchant d'Avogare.*

La Fortune eſt promte en ſes retours ;
Quand on veut toujours vaincre, il faut veiller toujours.
Seigneur, votre Palais, au milieu de la Ville,
Pour l'œuil du Général devient un centre utile ;
Excuſez, comme un Fils, ſi j'en oſe ordonner.

AVOGARE, *avec malignité.*

Ah ! mon cœur ſe plaiſait à vous le deſtiner.
Mais partons.

GASTON, *le retenant.*

Profitez du moment qui me reſte,
Pour m'inſtruire tous deux d'un complot trop funeſte.

AVOGARE.

Nous !

GASTON.

Au nom d'un Vieillard dans Breſſe retenu,
A l'inſtant un Soldat à mes pieds eſt venu.
« L'Aſſaſſin de Baïard menace votre vie »,
M'a-t-il dit ; « ce ſecret eſt connu d'Euphémie ».
(A Euphémie.)
Vous allez m'éclairer ſur ces lâches forfaits ;
Quel bonheur que mes jours ſoient un de vos bienfaits ! —

(A Avogare, en lui prenant la main qu'il portait à son poignard.)

(A Euphémie.)

Elle ne répond point ! — Nommez donc le Coupable.
Peut-être de ma mort vous seriez responsable.

EUPHÉMIE, *à part, en regardant de côté son Père & Gaston.*

Si je me place entre eux, je n'expose que moi.
(A Gaston, en voulant aller à lui.)
Seigneur.....

(Avogare la retient par le bras.)

GASTON.

Vous l'arrêtez ! Ses yeux sont pleins d'effroi !

EUPHÉMIE, *à qui Gaston tend la main.*

J'ose à vos pieds...

AVOGARE, *levant le poignard sur Gaston.*

Frappons.

EUPHÉMIE, *s'en appercevant.*

Mon Père !

(Elle l'arrête, en l'embrassant avec violence.)

GASTON, *mettant la main sur son épée.*

O perfidie !

AVOGARE.

L'Ingrate me retient, elle en sera punie.

(Il veut la tuer.)

GASTON, *lui arrachant le poignard.*

Non, barbare ; & toi-même à l'instant....

(Il veut aussi le frapper.)

EUPHÉMIE, *s'élançant, & couvrant son Père de son corps.*

Ah ! Nemours,
Tu me rends parricide, — & j'ai sauvé tes jours.

GASTON.

Pardonne, je m'égare en voulant te défendre.
Holà, Gardes, à moi.

SCENE XI.

Les Acteurs précédens, ALTÉMORE, SOLDALS FRANÇAIS.

ALTÉMORE.

CIEL! que viens-je d'entendre?

GASTON.

Il immolait sa Fille.

ALTÉMORE, *surpris.*

Avogare!

GASTON.

Son bras
Comblait aussi sur moi tous ses assassinats.

(*Il jette le poignard.*)

ALTÉMORE, *à Avogare.*

Qui, vous? quel changement! quelle aveugle furie!......

AVOGARE, *avec une colère feinte.*

Je ne t'imite point en vendant ma Patrie:

(*D'un œuil d'intelligence.*)

Je frappais son Tyran: — & voulais prévenir
L'Enfant dénaturé qui vient de me trahir.

GASTON.

Va, tu lui dois la vie: & tu n'as pour défense,
Que ses pleurs, ses vertus, — hélas! & sa naissance.

(*A Altémore.*)

Non. Je ne reviens point de cet excès d'horreur ;
J'en suis honteux pour lui. — Ciel ! avant que mon cœur
Soupçonne un tel forfait, ou le puisse comprendre,
Accorde-moi cent fois de m'y laisser surprendre.

(*A Altémore & aux Soldats.*)

Vous, que dans son Palais on conduise ses pas.

EUPHÉMIE.

Ah ! qu'il vive, ou je meurs.

GASTON, *bas à Euphémie.*

Il ne périra pas.

(*Haut.*)

Devant tout le Conseil je veux qu'il me réponde,
Et de ses attentats percer la nuit profonde.

AVOGARE, *à Altémore qui l'emmène.*

Puisqu'il vient au Palais, allons hâter sa mort.

EUPHÉMIE, *à Altémore, pendant qu'on emmène son Père.*

Seigneur, vous qui l'aimiez, prenez soin de son sort.

ALTÉMORE.

Au-delà de vos vœux — vous serez obéie.

(*Il sort.*)

EUPHÉMIE, *à Gaston avec vivacité.*

L'Amour te l'a livré, l'Amour te le confie.

GASTON.

Je le suis au Palais. Va, compte sur mon cœur ;
L'attrait de tes vertus s'accroît par ton malheur ;
Je leur dois plus d'amour & de respect peut-être,
Lorsqu'au sein des forfaits le Destin les fit naître.

Fin du quatrième Acte.

ACTE V.

Le Théâtre représente une Chambre attenant la Gallerie où se sont passés les quatre premiers Actes. C'est dans cette Chambre que l'on a mis Baïard. Il est à demi couché sur un lit militaire. Les armes de Baïard sont auprès de son lit.

SCENE PREMIERE.

URBIN, BAÏARD.

URBIN, *debout, appuyé sur un fauteuil.*

En nous voyant ainsi, qui penserait, Seigneur,
Qu'Urbin fût le Captif & Baïard le Vainqueur? —
Grace au Ciel, pour vos jours me voilà sans allarmes.

BAÏARD.

Que vos tendres bontés ont eu pour moi de charmes,
Généreux ennemi! Tels sont les vrais Guerriers,
Rivaux au Champ de Mars, Amis dans leurs foyers.

URBIN.

J'attends ma liberté que vous m'avez promise.

BAÏARD.

Mais doublez la rançon qui dut m'être remise. —
(*Urbin paraît très-étonné.*)
A vos Soldats blessés je desirais l'offrir ;
Chargez-vous de ce soin que je ne puis remplir ;
Jule a causé leurs maux, je veux qu'il les soulage,
Et de son Or sacré j'annoblirai l'usage.
Mais parlons d'Avogare & de ses noirs projets.

URBIN.

J'ai toujours dédaigné d'en savoir les secrets :
Quand il osa sur vous combler son infamie,
Je confiai ce Monstre aux vertus d'Euphémie :
J'ai cru servir ensemble & vous & mon Pays,
D'arrêter ses projets, sans les avoir trahis.
Je voudrais, & ne puis vous nommer ses Complices :
Vous ne les craignez plus, qu'importent leurs supplices ?

SCENE II.

GASTON, BAÏARD, URBIN.

GASTON, *à Baïard.*

J'ALLAIS quitter ce Fort : mais un objet pressant
M'oblige à vous voir seul, si le Duc y consent.

URBIN.

Prince, je me retire.

(*Il sort.*)

GASTON, *vivement.*

On trompe encor la France ;
De Traîtres entouré, Baïard est sans défense ;
Il faut bien que Nemours connaisse la terreur.

BAÏARD, *se relevant un peu.*

Je ne puis rien pour vous, c'est-là tout mon malheur.
Quels sont donc nos périls ?

GASTON.

Vous allez les entendre ;
Un fidèle Bressan vient pour me les apprendre,
Et d'un sage conseil je cherche les secours.

(Il va vers la porte.)

BAÏARD.

Qui sait mieux en donner en recherche toujours.

GASTON.

Viens, approche.

SCENE III.

GASTON, BAÏARD, UN VIEILLARD.

GASTON, *à Baïard.*

EUPHÉMIE, aux Malheureux propice,
Tendit à ce Vieillard une main protectrice,
Et de ses longs revers adoucit les regrets :
Il a, d'un noble prix, sû payer ses bienfaits ;
Et sûr de ses vertus, par un aveu sincère,
Il vint lui révéler les crimes de son Père.
C'est lui qui m'a tantôt envoyé par ses Fils,

D'un double assassinat les généreux avis.

(*Gaston s'assied.*)

BAÏARD, *au Vieillard.*

La probité se peint sur ton front vénérable,
Et ce dehors heureux....

LE VIEILLARD.

Cache un cœur bien coupable.
(*Se jetant aux pieds de Gaston.*)
Ah! j'ai besoin de grace en venant vous sauver.

GASTON.

De grace!

LE VIEILLARD.

Mes sanglots m'empêchent d'achever.

GASTON.

Tu serais criminel? & sur quelle assurance
Pourrai-je à tes discours donner ma confiance?
Quel es-tu?

LE VIEILLARD.

Pardonnez ma honte & mes regrets;
Je ne suis qu'un Bressan, je fus jadis Français.—
Citoyen de Paris, mais d'obscure naissance,
J'allai chercher la gloire au sortir de l'enfance;
Mon bras s'est signalé, lorsqu'aux murs de Beauvais
Une femme a vaincu le Flamand & l'Anglais:
Mais un service ingrat sous un Roi trop austère,
Tourna vers l'Étranger ma jeunesse légère:
De climats en climats j'errai pendant dix ans:
Et depuis trente hyvers fixé chez les Bressans,
Ainsi que tout Français privé de sa Patrie,
Je l'appèle, en pleurant, chaque jour de ma vie.

BAÏARD.

Eh! que n'y rentrais-tu, ramené par l'Honneur?

LE VIELLARD, *un peu rapidement.*

J'ai combattu contre elle & je lui fais horreur.
Fier de mon origine, il faut que je la cache;
La peur du châtiment & l'hymen qui m'attache,
Ont retenu mes pas revolant vers les Lys:
J'ai du moins à mon Roi pu rendre mes deux fils;
Combattant ſous vos loix, & dignes de vous plaire,
Ils conſolent ſouvent la honte de leur Père.
Quand on entend vos noms, quand on voit vos ſuccès,
Seigneurs, qu'on eſt honteux de n'être plus Français!
(*Avec plus de chaleur.*)
Mais..... je viens vous ſauver; eh! quel Guerrier fidèle,
Honoré dans la France, aura plus fait pour elle?
Ah! ce ſervice heureux, ce retour de ma foi,
Va bientôt retentir juſqu'au cœur de mon Roi.

GASTON.

Qu'as-tu donc découvert?

LE VIEILLARD.

La trame la plus noire,
Qui vous cache la foudre au ſein de la Victoire.
Dans tout le ſang Français brulant de ſe plonger,
De meurtres, cette nuit, Breſſe va regorger:
Oui, près du Mont ſacré, des routes ſouterraines
Vont ramener Peſcaire & les Lances Romaines;
Tandis que, vers le Fleuve, un gros de Citoyens
Ouvre un canal antique aux fiers Vénitiens:
Dans leurs Temples déjà, ſans bruit & ſans allarmes,
Les Breſſans déſarmés ont repris d'autres armes:
On parle d'un rempart qui doit être abîmé,
Par ce Volcan nouveau ſous la Terre enfermé.
L'Eſpagnol s'en promet l'effet le plus terrible.

J'ignore où doit frapper ce tonnerre invisible :
Mais je sais que bientôt un lâche meurtrier
(*A Nemours.*)
Vous y doit avec art exposer le premier ;
Et, vous ouvrant soudain cette tombe enflammée,
Enlever aux Français l'ame de leur Armée :
(C'est ainsi qu'en ces lieux on vous nomme, Seigneur.)
J'ai frissonné d'effroi, de rage & de douleur ;
J'ai voulu vous soustraire à ces piéges du Crime.
Vous voyez à mes pleurs, au zèle qui m'anime,
Qu'un Transfuge, accablé par les ans & les maux,
Toujours Guerrier dans l'ame, adore les Héros.

GASTON.

D'où sais-tu ces secrets, par quelle intelligence ?

LE VIEILLARD.

Une seule ressource était en ma puissance.
J'ai vendu l'humble toît par ma Femme habité,
Réduit de sa vieillesse & de ma pauvreté,
Seul fruit d'un long travail & des dons d'Euphémie,
Pour gagner un Soldat de la Garde ennemie.

GASTON, *attendri.*

Ah Dieu !

BAÏARD.

Que de grandeur !

GASTON.

Et nous, Mortels heureux,
Nous croyons quelquefois être seuls généreux ! —
Achève. Saurais-tu quel autre qu'Avogare
Dirige sourdement les horreurs qu'on prépare ?

LE VIEILLARD.

Non, Prince. L'Espagnol qui m'a tout révélé,

N'a pu percer plus loin ce secret si voilé;
Il craint, en le sondant, de s'en voir la victime:
Mais moi, Seigneur, mais moi, pour vous montrer
l'abîme,
Du peu que je savais j'ai dû vous avertir;
Je cours mieux observer ce qu'il faut prévenir.
Mon sang se rajeunit encor pour ma Patrie.
Je vois tous mes dangers & compte peu ma vie:
Quand un Soldat Français au péril va s'offrir,
Daigne-t-il s'informer s'il en peut revenir?

BAÏARD, *avec transport.*

Français, reprends ton nom.

GASTON, *embrassant le Vieillard.*

Oui, tu l'es.... Le tems presse.

(A Baïard.)

Daignez, si je m'emporte, arrêter ma jeunesse;
Je vais donner mon ordre. — Entrez tous.

(Plusieurs Officiers & Soldats entrent.)

Vous, Evreux,
Vous, d'Alègre, suivez ce Vieillard courageux;
Il va vous indiquer deux secrettes issuës,
Dont il faut à l'instant saisir les avenuës:
Cent Guerriers bien choisis pourront y retenir
Les nombreux Bataillons qui voudraient en sortir:
Vers l'autre extrémité, Crussol & Vendenesse,
Guidez nos Escadrons qui campent hors de Bresse;
Et que les Ennemis par vous ne soient chargés
Que lorsque sous la Voûte ils seront engagés:
Eux-même auront rendu leur perte plus rapide.
(A deux autres Chevaliers.)
Et Vous, pour contenir le Citoyen perfide,

Que, par mille flambeaux diſpoſés prudemment,
On menace leurs toîts d'un vaſte embrâſement.
Le Palais d'Avogare eſt encore l'aſyle
D'où mes ordres auront le cours le plus facile;
J'y vole, pour donner des ſecours prompts & ſûrs,
Si de quelque rempart la Mine ouvrait les murs.
(*A Baïard.*)
Approuvez-vous ce plan?

BAÏARD, *montrant les Chevaliers.*

Tous leurs cœurs l'applaudiſſent:
Moi ſeul j'en dois gémir, d'autres bras l'accompliſſent.

LE VIEILLARD, *vivement.*

J'inſtruirai ſeulement vos Guerriers valeureux,
Prince, & je vais veiller ſur ce gouffre de feux.
(*Comme une idée nouvelle qui lui vient ſur le champ.*)
J'eſpère.... en découvrir le foyer redoutable.
Si le Ciel y plaçait ma peine inévitable,
Puiſſé-je, pour mourir avec moins de remord,
Ayant perdu mes jours, ne point perdre ma mort!

GASTON, *pendant qu'il s'en va.*

Va, compte ſur le prix de ce ſervice inſigne:
La faveur de Nemours....

LE VIEILLARD, *ſe retournant.*

Prince, j'en ſuis indigne.
Réſervez pour mes Fils un ſi généreux ſoin;
Demain, de vos bontés je n'aurai plus beſoin.
(*Il ſort avec les ſix Chevaliers & quelques Soldats.*)

GASTON.

Adieu, Baïard.

BAÏARD.

Soldats, qu'on me porte à ſa ſuite.

GASTON.

Non; restez. C'est la loi que je leur ai prescrite:
Qu'Euphémie avec vous soit gardée en ce Fort.
Ah! de deux cœurs si chers quand j'assure le sort.
Je ne hazarde plus la moitié de moi-même;
Périt-on tout entier en sauvant ce qu'on aime?

(*Il sort, laissant un Chevalier & quelques Gardes.*)

SCENE IV.

BAÏARD, UN CHEVALIER, GARDES.

BAÏARD.

IL est donc un triomphe, il est donc un danger,
Que même, en le voyant, je ne puis partager!
(*Au Chevalier.*)
Écoute, ô mon Élève, espoir de la Patrie,
L'Estaing, Cœur tout de flâme, à qui le sang me lie,
Toi, né pour être un jour, par tes hardis exploits,
Ainsi que ton Aïeul, le Bouclier des Rois;
Ne quitte point Gaston, sois par-tout son Egide:
Je réponds des Français, tant qu'il sera leur Guide.

(*Le Chevalier sort.*)

O Dieu! par quelles mains préviens-tu tant d'horreurs!

(*A ses Gardes.*)
Vous l'avez vu sortir ce Vieillard tout en pleurs;
Soldats, c'est un Transfuge, accablé de son crime.
Mettez tous à profit son retour magnanime,

Et les remords cruels dont il est dévoré.
Tel est le châtiment du cœur dénaturé,
Qui, ne connaissant plus Famille ni Patrie,
Ose leur dérober le tribut de sa vie.
Infidèle aux Humains, dont les tendres secours
Dans sa débile enfance ont protégé ses jours,
Il trouve, en tous climats, l'horreur qu'inspire un Traître;
Il voit l'Homme chérir l'Homme qu'il a vu naître:
Dans un long abandon traînant son triste sort,
L'affreuse solitude environne sa mort.

SCENE V.

BAÏARD, ALTÉMORE, SOLDATS ITALIENS.

ALTÉMORE, *aux Gardes de Baïard.*

NEMOURS vous mande, Amis; Baïard est sous ma garde,
La défense du Fort désormais me regarde.
(*Il leur fait signe de sortir. Ils s'en vont.*)

BAÏARD.

Quoi! vous quittez Nemours!

ALTÉMORE, *à Baïard.*

C'est lui qui l'a voulu.—
(*A sa Suite.*)
Attendons le signal, ou tout serait perdu.
(*A Baïard.*)
Nemours tremble pour vous; l'orage se déclare.

Lorſque dans ſon Palais j'ai conduit Avogare,
A ma Garde enlevé par ce Peuple ſéduit,
Il a ſaiſi, pour fuir, la faveur de la nuit :
Et peut-être, en ces lieux, du fond de ſa retraite,
Il tend, par ſes Amis, quelque embûche ſecrette.

BAÏARD.

Ses Amis, comme lui, ſe pourront découvrir ;
Le Crime, à force d'art, parvient à ſe trahir.

ALTÉMORE, *avec malignité.*

J'en doute. Mais du moins par cette expérience
Tous vos Chefs connaîtront enfin la défiance :
L'impétueux Français ignore les détours ;
Son ame eſt dans ſes yeux & paſſe en ſes diſcours ;
Soit fierté, ſoit faibleſſe, il ne peut ſe contraindre ;
L'éclat de ſes tranſports avertit de les craindre.
Ici, l'Homme plus calme en concentre l'ardeur,
Dans des replis profonds enveloppe ſon cœur ;
De ſes traits, à ſon ame, il fait un maſque utile :
Et la Haîne en cet Art eſt toujours plus habile ;
Elle offre, en ſouriant, le front de l'Amitié ;
Et d'un glaive couvert vous perce ſans pitié.
(*A part.*)
Le ſignal tarde bien !

BAÏARD.

Si je meurs par un crime,
L'Aſſaſſin tremblera, mais non pas la Victime :
Au moment de frapper, peut-être l'inhumain
Sentira que ſon cœur veut retenir ſa main.

ALTÉMORE, *à part.*

Il dit vrai. — Mais n'importe ? — Ah ! que vient-on m'apprendre ?

(*Il ſe retire un peu en arrière.*)

SCENE VI.

Les Acteurs précédens, EUPHÉMIE.

EUPHÉMIE, *à Baïard.*

NEMOURS n'eſt point ici ?

BAÏARD.

Nemours vient de ſe rendre
Dans votre Palais même.

EUPHÉMIE.

Ah Ciel ! il eſt perdu ;
C'eſt-là, Seigneur, c'eſt-là que le piége eſt tendu,
Que la foudre.... Ah ! courons.

ALTÉMORE, *l'arrêtant.*

Demeurez.

EUPHÉMIE.

Monſtre horrible !
C'eſt toi dont la fureur....
(*On entend le bruit affreux que produit l'exploſion du Palais d'Avogare.*)
Dieu ! quel fracas terrible !
(*Elle s'appuie ſur une colonne.*)
La Terre s'eſt émuë & ces murs ont tremblé.

BAÏARD.

Tout mon corps treſſaillit ſur mon lit ébranlé.

ALTÉMORE, *avec éclat.*

Enfin du joug Français j'ai ſauvé l'Italie.
(*A Baïard.*)
Vois l'Ami d'Avogare & l'Amant d'Euphémie.

EUPHÉMIE.

Grand Dieu !

BAÏARD.

Quoi ! perfide....

ALTÉMORE.

Oui, par ce foudre infernal,
J'ai, de mes deux rivaux, détruit le plus fatal.....

EUPHÉMIE, *tombant évanouie.*

Je me meurs.

ALTÉMORE, *à Baïard.*

Et ton sang va combler ma vengeance.

(Il va pour lui porter un coup de lance.)

BAÏARD.

(Qui a pris sa lance près de son lit, la tient en arrêt sur Altémore.)

Viens, Traître, je t'attends.

ALTÉMORE, *étonné.*

Quelle est ton espérance ?
Crois-tu combattre seul & mes Soldats & moi ?

(Les Soldats s'avancent sur Baïard.)

BAÏARD.

Tremblez, voilà Nemours.

(Altémore & ses Soldats tournent la tête & apperçoivent Nemours. Altémore, comme anéanti, reste immobile, & laisse tomber sa lance.)

SCENE VII.

Les Acteurs précédens, GASTON, CHEVALIERS FRANÇAIS, URBIN.

GASTON, *écartant les Italiens à coups d'épée, dit à Altémore.*

C'EST la foudre pour toi.

(*Il embrasse Baïard.*)

O mon ami!

BAÏARD.

Cher Prince, eh! qui l'aurait pu croire?

GASTON, *montrant Altémore & Urbin.*

Voilà de l'Italie & l'Opprobre, & la Gloire;
Urbin vient te défendre.

BAÏARD, *tendant la main au Duc d'Urbin.*

Il ne m'étonne pas.

GASTON.

Qu'on livre cet infâme au plus affreux trépas.

(*On entraîne Altémore.*)

Mais, ô nouveau malheur! ô ma chère Euphémie!

(*Il court à Elle.*)

BAÏARD.

L'effroi de votre mort peut lui coûter la vie.

GASTON, *lui prenant la main.*

Euphémie!

EUPHÉMIE, *revenant à elle, & levant les yeux au Ciel.*

Il n'est plus.

(*Elle les rebaisse & apperçoit Nemours.*)

Ah! Prince, vous vivez!

GASTON, *la relevant.*

Oui, ce digne Vieillard..... Il nous a tous sauvés.

EUPHÉMIE, *avec transport.*

Qu'il m'est cher!

GASTON.

J'arrrivais dans ce Palais terrible,
Où mon ordre assemblait notre Élite invincible;
Quand je le vois entrer frémissant, éperdu,
Suivi de l'Espagnol à ses bienfaits vendu,
Et qui, se promettant un plus riche salaire,
Avait du nouveau foudre épié le mystère:
» Fuyez, s'écriaient-ils, fuyez, ne tardez pas;
» Vous n'avez qu'un moment, le gouffre est sous vos pas:
» Courez sauver Baïard, il en est tems encore;
» Ce Héros va tomber sous les coups d'Altémore».
A leurs cris, vers ces lieux, nous avons volé tous.
Mais des portes du Fort à peine approchions-nous,
Qu'avec un bruit affreux, une nuë enflammée,
Un noir torrent de feu, de souffre & de fumée,
Roule au loin dans les airs, à nos regards surpris,
D'un vaste Monument les immenses débris.
Heureux, qu'en échappant à ce piége effroyable,
(*En embrassant Baïard.*)
J'arrache encor mon Père au sort plus déplorable
De voir des Assassins, vil rebut des Bourreaux,
Souiller la dernière heure & le sang d'un Héros!

URBIN, *à Baïard.*

Pardonne, j'ai trop tard suivi mon digne Maître;

Baïard, pour ſauver Jule, avait livré le Traître:
Beaux jours du nom Romain, qu'êtes-vous devenus?
Des Français maintenant ſont nos Fabricius.

GASTON, *à ſa Suite.*

Allons, marchons, Amis; revolons vers Peſcaire:
Voudrais-je qu'à ma chaîne il eût pu ſe ſouſtraire?
Sous ces murs embrâſés me croyant englouti,
De ſon repaire obſcur peut-être il eſt ſorti.

(*Il veut partir.*)

BAÏARD.

Arrêtez.....

SCENE VIII. ET DERNIERE.

GASTON, URBIN, EUPHÉMIE, BAÏARD, D'ALÈGRE, CHEVALIERS ET SOLDATS FRANÇAIS.

D'ALÈGRE, *vivement à Gaſton.*

LA victoire eſt complette & ſoudaine;
Tous vos ordres ſuivis ont mis dans notre chaîne
Les Guerriers de Veniſe & les Soldats Romains,
Enfermés, foudroyés dans les deux ſouterrains.

GASTON.

Mais Peſcaire?.....

D'ALÈGRE.

Seigneur, ſon adroite prudence
Pour des lieux plus ouverts réſervait ſa préſence:
De la Porte Fauſtine il aſſaillait les Tours,

Qu'au bruit de son tonnerre il croyait sans secours ;
Mais, au lieu de l'effroi, trouvant partout l'audace,
Et des Vénitiens apprenant la disgrace,
Il va cacher au loin sa honte & ses débris.

GASTON.

Eh ! que fait ce Vieillard ? qu'il vienne avec ses fils,
Que mes bienfaits.....

D'ALÈGRE.

Plaignez son infortune extrême.
Instruit qu'en son Palais Avogare lui-même,
Pour allumer sa foudre, avait su se cacher ;
Loin de suivre vos pas, il l'a couru chercher ;
Il voulait, ou punir, ou désarmer sa rage :
Mais soit que du Bressan le perfide courage,
De périr avec vous, fît son plaisir affreux ;
Soit qu'il ait mal connu, mal mesuré ses feux ;
De tous deux à la fois, loin du Palais en poudre,
J'ai vu les corps sanglans rejetés par la foudre.

EUPHÉMIE.

O mon Père !

BAÏARD.

O Soldat, qu'honore un beau trépas,
J'ai bien vu que ton cœur ne se pardonnait pas !
Tes fils seront les miens.

EUPHÉMIE.

Le désespoir m'accable ;
De la mort de mon Père, hélas ! je suis coupable.

GASTON, *vivement.*

Lui seul fut criminel, lui seul il s'est perdu.

EUPHÉMIE.

Ah ! respectez les pleurs qu'il coûte à ma Vertu.
La Nature m'imprime un sacré caractère,

Sans permettre à mon cœur de juger pour quel Père.

GASTON.

Je reſpecte à la fois & reſſens vos douleurs;
Mon bonheur ne peut naître au milieu de vos pleurs;
Je veux, pour le former, que Baïard me ramène
Plus digne encor de vous, & Vainqueur de Ravenne.
(*A Baïard.*)
Je vais t'attendre, Ami, ſous ce fameux rempart;
Gaſton regrètterait de vaincre ſans Baïard.

BAÏARD, *lui prenant la main.*

Va; mais modère au moins ton ardent caractère:
Tu crois n'avoir rien fait tant qu'il te reſte à faire.
Songe qu'en peu de jours tu ſus vivre long-tems;
Ta carrière d'honneurs eſt remplie à vingt ans:
Toi ſeul peux ſoutenir le fardeau de ta gloire;
Mais crains de t'oublier au ſein de la Victoire.

FIN.

NOTES HISTORIQUES (*).

J'ai souvent fait usage, dans ces Notes, de l'Histoire de la Ligue de Cambray, par l'Abbé du Bos; Ouvrage autant estimé pour l'exactitude impartiale qui y regne dans le récit des faits, que pour la saine critique qui dirige les jugemens de l'Auteur. Cet Ouvrage est d'ailleurs composé d'après les Historiens contemporains, tels que le Guichardin, Bembo, Paul Jove, &c. Mais j'ai principalement puisé dans la vie du Chevalier Baïard, qui est un des plus précieux monumens de l'ancienne Littérature Française. « On y retrouve, dit M. Gaillard dans son Histoire de » François-premier, le bon sens & l'énergie naïve de » Philippe de Comines. C'est un de ces livres qui font » regretter le vieux langage & les vieilles mœurs. Le style » de l'Auteur est parfaitement assorti aux actions qu'il » rapporte, sur-tout aux mœurs qu'il décrit; on peut dire » que c'est vraiment la langue de ces mœurs-là, simple, » naïve, franche, hardie, chevaleresque comme elles. » L'Auteur peint les évènemens avec tant de vivacité que » le Lecteur en est presque témoin : il varie ses tableaux » avec intelligence, & les trace avec force. . . . Le vieux » langage donne à cette bonhomie antique & vénérable, » fille de la Nature, un agrément & un intérêt que toute » l'élégance de la Langue actuelle a bien de la peine à » leur conserver : elle pourait peindre plus fièrement l'élé- » vation de l'ame de Baïard, mais elle en exprimerait » moins fidèlement la simplicité ».

L'Histoire de Baïard fut composée & publiée, trois ans après sa mort, par son Sécretaire, qui ne prit d'autre nom

(*) On a copié ces Notes sans façon, dans plusieurs Ecrits donnés depuis la premiere Edition de Gaston & Baïard. Je ne crois pas que cela m'ôte le droit de reprendre mon bien, & d'avertir le Public que ce n'est pas moi qui transcris ici ce qu'il a pu lire ailleurs.

ſur le titre que le nom de *Loyal Serviteur.* Ce livre était *comme perdu*; lorſqu'en 1619 Théodore Godefroi *le remit en lumière*, & le dédia à Louis XIII. C'eſt cette réimpreſſion qui en a fourni des exemplaires à toutes nos Bibliothéques. On en fit encore à Grenoble, en 1651, une édition nouvelle, qui eſt rare à Paris, & qui eſt plus complette que la précédente. Elle fut dirigée par les ſoins de M. d'Expilly, Conſeiller d'État, Préſident au Parlement de Grenoble, qui, étant au centre de la famille de Baïard, avait fait une *exacte recherche des titres de cette Maiſon. J'ai lu*, dit-il, *ce qu'en a écrit Aimar de Rival, Conſeiller au Parlement de Grenoble, contemporain du Chevalier.* On voit par le caractère des perſonnes, & par le tems où elles ont écrit, combien elles ſont dignes de foi. J'expoſerai, dans la ſuite de ces Notes, ce que l'édition de Grenoble a de particulier; & je diſtinguerai ces articles, en y ajoûtant le nom de M. d'Expilly.

Mais ſur-tout je donnerai une lettre très-curieuſe, écrite par Baïard, trois jours après la bataille de Ravenne; & j'y joindrai l'ordre de l'Armée de France à cette fameuſe journée. Ces deux pièces, conſervées dans les Archives de la Chambre des Comptes de Grenoble, ſont très-précieuſes pour l'Hiſtoire de Louis XII. La lettre eſt bien importante pour ma Tragédie. Elle prouve la tendre amitié qui uniſſait Gaſton & Baïard. Il eſt ſingulier que, malgré la diſproportion d'âge, malgré la diſtance que le rang mettait entre un ſimple Gentil-homme, & un Prince que Louis XII traitait comme ſon fils, Gaſton ſoit, de tous les Généraux ſous leſquels Baïard a ſervi, celui qui a le plus chéri le *bon Chevalier*, & qui en a été le plus aimé. Voilà le plus bel éloge qu'on puiſſe faire de tous deux.

Dieu, la France, l'Honneur, l'Amitié, l'Amour même,
De Milan, vers ces lieux, ont fait voler Baïard.

Le premier de ces vers contient, dans leur ordre exact, les cinq loix principales de la Chevalerie. La Religion, la Patrie, l'Honneur, l'Amitié & l'Amour. Nous trouvons fort étrange qu'on ait allié ainſi l'Amour avec la Religion; & notre façon d'aimer rendrait cet aſſemblage bien plus bizarre. Obſervez que la Patrie & l'Honneur l'emportaient ſur l'Amitié & sur l'Amour : car la fraternité d'armes entre deux Chevaliers de différentes Nations était suspendue, lorsque les deux Peuples étaient en guerre. A plus forte raison un Français, Amant d'une Étrangère, n'aurait-il pas été dispensé de combattre contre le Souverain de sa Dame, si le Roi de France eût déclaré la guerre à ce Souverain. *Voyez les excellens Mémoires sur la Chevalerie, par M. de Sainte-Palaye.*

Au reste, je mets la Religion au nombre des motifs qui animent Baïard en ce moment, parce qu'elle était un des grands objets de la guerre élevée entre Louis XII & Jules II. Le Roi, qui voulait que le Pape fût déposé, avait réussi à former contre lui une ligue de Cardinaux, & à faire assembler le Concile de Pise. Le Pape avait formé contre le Roi une ligue de Princes redoutables & ambitieux : elle s'appelait *la ligue Sainte*.

Baïard était dans l'Armée de Gaston. Si je feins qu'il était à Milan, où il y avait une forte garnison de Français, on voit facilement que j'avais besoin, pour l'intrigue de ma Pièce, que mes deux Héros ne se fussent pas vus depuis quelque tems.

Reçoivent du Gardzo les ondes épanchées.

Cette petite rivière passe à Bresse : on l'appelle le *Garzo* ou *la Garza* ; mais les Italiens prononçant le *z* comme *dz* ; j'ai dû écrire de manière à conserver leur prononciation en Français. J'ai parlé ailleurs de la porte *Faustine*, qui est en effet une porte de Bresse.

Mais le brave Durfort.

On l'appelait communément le Cadet de Duras : il est fort souvent cité dans la vie du Chevalier Baïard, comme un des plus braves Officiers de son tems. Ce n'était pas lui qui commandait dans le Château de Bresse, c'était le Capitaine Hérigoye. Du Lude avait été Gouverneur de la Ville, lors de la rébellion. Il fut surpris malgré sa vigilance : tandis qu'il défendait les remparts, les Vénitiens entrèrent par un égoût & par un ancien canal que le

Comte Avogare leur fit ouvrir. Du Lude se retira dans le Château avec la Comtesse de Gambare, mère du jeune homme qui avait insulté le fils d'Avogare. Elle était Française. Celui-ci s'acharna jusques sur les maisons de ses ennemis, & les fit démolir de fond en comble.

De la beauté, dit-il, *va mériter l'hommage.*

Voici les propres mots de Charles VIII à Baïard, lorsque le jeune Chevalier partit, la premiere fois, pour l'Armée : *Vous allez en un pays où il y a de belles Dames, faites tant que vous acquériez leur grace.* L'Amour était toujours le prix de l'Honneur : c'était un marché où l'un & l'autre devaient beaucoup gagner. Baïard avait aimé très-tendrement dans sa jeunesse une Demoiselle de la Cour de Savoie : elle fut obligée d'épouser un Seigneur du pays, nommé le Seigneur de Fluxas. L'absence & le mariage n'éteignirent point cette passion honnête, qui se changea facilement en une tendre estime, & n'empêcha point, par conséquent, le Chevalier de se consoler par d'autres amours. » Il eut » une fille naturelle d'une belle Demoiselle de la Maison » de Trecque, à Cantu, entre Milan & Côme. Il fit soi» gneusement nourrir & élever cette fille, qui s'appelait » Jeanne, & l'aima autant que si elle eût été légitime. Un » an après la mort du père, elle fut mariée à François de » Bocsozel, *Sieur de Chastelar*, par ses trois oncles, (les » trois freres de Baïard, dont l'un était Evêque de Glan» dève) avec aussi ample & grosse dot que si elle eût été » légitime. Elle ne fut jamais qualifiée naturelle, ains » purement fille du Chevalier Baïard. Et depuis, dans tous » les contrats passés avec ses oncles, ils l'appelaient leur » niéce, & l'ont toujours grandement honorée. Elle a si » bien vécu qu'on l'estima digne fille d'un si digne père. » De François Bocsozel & de Jeanne Terrail sont sortis de » braves Gentils-Hommes, dont il y a deux vivans à » présent (en 1651); tous deux sages & vaillans, qui se » sont signalés par les armes en de belles charges; pleins » d'honneur & de vertu, qui ne démentent point le sang » dont ils sont. (M. d'Expilly.)

Un sieur *de Chastelar*, petit-fils de la fille de Baïard, fut célèbre par son courage & sa belle figure. Il osa aimer Marie Stuard, & eut une fin très-tragique.

L'amour de Baïard pour Euphémie n'est point historique ; le personnage de la Fille d'Avogare est de mon invention.

Chevalier, qu'il m'est doux d'offrir à vos vertus
Des honneurs assez grands pour être inattendus !

Cette Scène est fondée sur un fait très-vrai. Le Pape hazarda plusieurs tentatives pour attirer Baïard à son service, & lui offrit le commandement général de ses troupes. Baïard répondit : *J'ai un Seigneur au Ciel & un en terre : & autre ne servirai en ce monde.* Le Pape, dit l'Historien, reconnut à cette réponse la morale immuable des Français.

J'ai fait parler Baïard dans cette Scène, comme on parlait alors, & comme on parlerait encore aujourd'hui dans des circonstances pareilles. On a toujours distingué la Religion d'avec ses Ministres. On a toujours vu dans le Pape deux personnes très-différentes, le Pontife & le Prince. Un Pape Soldat, comme Jules II, offrait une distinction encore plus marquée. Il dégradait trop son caractère, pour que ce caractère pût imposer, même dans un siécle d'ignorance. Les Vénitiens le traitèrent avec une liberté bien hardie : Marc Lorédan, fils du Doge, proposa en plein Sénat de demander du secours à l'Empereur Turc, *contre ce bourreau du Genre humain, qui s'en disait le père.* Baïard fut un de ceux qui respectèrent le moins la personne de Jules II : pendant le siége de la Mirandole, il disposa une embuscade pour l'enlever. Une neige abondante sauva le Pape : encore s'il eût été un peu plus brave, & qu'il eût sui quelques minutes plus tard, il était pris.

Henri VIII, Roi d'Angleterre, fit aussi à Baïard les offres les plus séduisantes pour parvenir à se l'attacher. Il y avait plus à gagner avec ce Prince qu'avec le Pape : mais Baïard ne savait compter que ses devoirs.

Les Armes & mon cœur vous avaient fait mon frère.

Le Duc d'Urbin avait été élevé à la Cour de Louis XII.

Il fut toujours porté pour les Français ; il désapprouva assez hautement la conduite du Pape, son oncle, quand celui-ci trompa la France avec tant d'indignité. Le Cardinal de Pavie eut la hardiesse d'accuser faussement le Duc d'Urbin d'une intelligence avec Louis XII. Le Duc en fut si irrité, qu'il tua le Cardinal de sa propre main. En supposant que le Duc d'Urbin était frere d'Armes de Baïard, j'ai donné une raison de plus à son inclination pour ce Héros ; & cette fiction n'a rien que de très-conforme aux mœurs du tems.

Il sait ce qu'il vous doit, & que votre grand cœur
Daigna sauver ses jours que vous vendait un traître.

Ce fait est un des plus intéressans & des mieux décrits dans la Vie du Chevalier Baïard. Le Duc de Ferrare avait demandé une garnison Française dans sa Capitale, pour s'y défendre contre le Pape, qui voulait l'assiéger, après la prise de la Mirandole. Baïard commandait cette Garnison. Le Pape envoya un Emissaire secret, nommé Gerlo, pour tâcher d'amener le Duc à un traité particulier, proposant pour première condition, *qu'on lui livrât les Français, dont il ne voulait pas qu'il échappât un seul.* Le Duc, après avoir long-tems conversé avec l'Emissaire, & voyant que c'était un de ces scélérats qui appartiennent au plus offrant, lui fit sentir le peu de confiance qu'inspiraient les promesses du Pape, insista sur l'extrême ingratitude de Jules II envers tous ceux qui l'avaient servi ; ingratitude, dit-il, à laquelle vous, Gerlo, vous êtes exposé plus que tout autre ; il est bien dangereux d'avoir les secrets d'un tel Maître. Le Duc ajoûta que le Pape était fort vieux, que son successeur pouvait n'être pas ennemi de la France, qu'ainsi la condition de Gerlo n'était pas sûre, & que sa petite fortune courait de grands risques. Insensiblement le Duc se hazarda de lui offrir un sort brillant & solide, s'il voulait s'attacher à lui. Cette ame vénale fut tentée à la première offre, & rendue à la seconde. Le Duc parvint jusqu'à déterminer le traître à empoisonner le Pape : &, fier de ce succès, il courut tout conter à Baïard. Il commença

par

par lui révéler le projet de Jules II contre les Français, & finit par ces mots : *Mais j'ai gagné son homme, qui m'a promis que le Pape ne serait pas en vie dans huit jours. Comment*, dit Baïard, en plaisantant avec une candeur ingénue, qui n'appercevait pas seulement l'idée du crime qu'on lui déclarait; *comment sait-on que le Pape ne vivra pas dans huit jours? cet homme qui le dit, a donc parlé à Dieu?* Le Duc, méprisant peut-être intérieurement cette sublime naïveté, n'hésita point à avouer le projet du poison. *Ah! Monseigneur*, s'écria Baïard, *je ne croirai jamais qu'un si gentil Prince, comme vous êtes, consente à cette infâme trahison : & si je le croyais, je vous jure sur mon ame que, devant qu'il fût nuit, j'avertirais le Pape. Lui?* reprit le Duc; *il en a bien voulu faire autant de vous & de moi : vous savez que nous avons fait pendre sept ou huit de ses espions envoyés dans Ferrare, pour me faire tuer par mes sujets.* Baïard répond fermement qu'il n'est pas fait pour suivre l'exemple des trahisons. Alors *le Duc, haussant les épaules & crachant contre terre, dit ces paroles : Baïard, je voudrais que cela seul pût tuer tous mes ennemis. Mais puisque vous ne le trouvez pas bon, la chose n'ira pas plus loin. Croyez que vous & moi nous nous en repentirons.* Non, je ne me repentirai jamais d'avoir empêché un crime, lui dit Baïard : *mais, Monseigneur, baillez-moi le galant qui veut faire ce beau chef-d'œuvre; & s'il n'est pendu dans une heure, que je le sois à sa place.* Le Duc répondit qu'il avait promis à Gerlo sûreté de sa personne, & qu'il l'allait renvoyer; ce qui fut fait malgré Baïard. Gerlo fut pendu quelque tems après à Bresse, pour une autre perfidie.

Ai-je tort de reprocher à nos Ecrivains leur indifférence pour les beaux traits de notre Histoire? Quel Poëte, quel Orateur a fait valoir l'action que je viens de rapporter? Et tous les Auteurs Latins ne cessent de louer leur Fabricius, dont la vertu fut moins généreuse que celle de Baïard. Car enfin le Médecin qui offrait d'empoisonner Pyrrhus, n'avait pas été envoyé par ce Monarque pour concerter une trahison contre le Dictateur Romain. Fabricius n'avait donc pas à se défendre, comme Baïard, de ce desir de vengeance si naturel, si séducteur; qui nous paraît la justice même, quand il ne s'agit que d'user de représailles, & de tourner sur notre ennemi le propre trait qu'il nous avait préparé. On sent assez les raisons qui ne m'ont pas permis de mettre cet événement en action. Des crimes projettés par un Pape, & contre un Pape, se racontent dans une Histoire, mais ne se montrent pas sur le Théâtre Français.

Etale dans un camp le mélange bizarre
De l'airain des Guerriers au lin de la Tiare.

On trouva scandaleux & ridicule que Jules II assistât *le pot en tête & la pique à la main* au siége de la Mirandole. Quelques personnes ne seront pas fâchées de savoir les particularités suivantes, relativement à la Tiare.

La Tiare est un bonnet assez élevé, couvert d'une toile d'argent, sur laquelle il y a trois couronnes brodées en or. Boniface VIII, ce Pape qui fit tant d'entreprises sur la puissance Royale, est le premier qui ait porté les trois Couronnes. Avant lui, il n'y en avait que deux sur la Tiare, & c'était bien assez. Jules II fit faire une Tiare d'or massif, du poids de dix livres, & il la couvrit encore de pierres précieuses : il la portait, dit-on, dans les grandes Cérémonies. Paul III, Clément V & Urbain VIII voulurent chacun enrichir l'Eglise Romaine d'une superbe Tiare ; & l'on juge bien qu'ils se disputèrent en magnificence, & pour le poids de l'or, & pour le grand nombre des pierreries. Les Souverains Pontifes ne portent jamais aucune de ces quatre Tiares. Elles sont gardées au Château-Saint-Ange, dans une chambre fermée de trois serrures différentes, dont les clefs sont remises à trois Prélats. On expose ces Tiares sur le grand Autel de Saint Pierre pour les quatre principales Fêtes de l'année ; & il faut alors que les trois Prélats s'assemblent pour l'ouverture de la chambre, & qu'on en dresse un acte devant Notaires.

Quant à Maximilien, que pourrais-je en attendre ?
Il ne séduirait pas un cœur fait pour se vendre.

Ce Prince étoit avare, & manquait toujours d'argent. On disait de lui par dérision, *Maximilien petite-chevance.* Il avait pourtant un moyen de finance assez singulier :

quand le besoin d'argent le pressait trop, il signait un traité d'alliance, & se faisait payer fort cher sa signature.

Ferdinand s'applaudit alors qu'il trompe un Roi.

Ferdinand, Roi d'Arragon, de son chef; Roi de Castille, du chef de sa femme; Conquérant du Royaume de Grenade; fut le premier Roi d'Espagne. Sa mauvaise foi l'a rendu plus célèbre que sa puissance. Un jour quelqu'un lui disait : Louis XII prétend que vous l'avez trompé trois fois. Trois fois, reprit Ferdinand! je l'ai bien trompé dix.

Pour Venise; il est vrai, j'estime son courage.

La République de Venise soutint, avec une fermeté digne des anciens Romains, les premiers efforts de quatre Puissances formidables conjurées contre elle, & ses premières défaites qui étaient inévitables. Louis XII avait commis la plus grande faute en s'alliant avec le Pape, l'Empereur & le Roi d'Espagne, ses ennemis de tous les tems, contre les Vénitiens ses amis nécessaires. La Ligue de Cambrai est regardée comme un monstre en politique. Elle prouva, disent Monsieur le Président Hénault & l'Abbé du Bos, cette vérité plus d'une fois reconnue, que les grandes Puissances s'affaiblissent en s'unissant. Mais ce qui parut bien plus bizarre encore que cette Ligue, ce fut de voir Louis XII seul, sans être aidé de ses Alliés, battre les Armées de la République, la forcer à abandonner tous ses États de Terre-ferme; & ensuite Venise reprendre toutes ces Provinces, par le secours de ce même Pape, de ce même Empereur & de ce même Roi d'Espagne, qui venaient de se liguer contre elle avec Louis XII. Le Pape, après avoir excommunié les Vénitiens, & appelé l'Armée Française, excommunia cette Armée & bénit les Vénitiens. Cet abus indécent de la Puissance Spirituelle coûta cher à la Cour de Rome dans ce malheureux siècle Quand on la vit jouer ainsi avec ses armes sacrées, on cessa de les craindre. Ses forces résidaient dans le respect des Peuples : & lorsqu'elle leur faisait perdre elle-même ce respect, pouvait-elle ne pas voir qu'elle travaillait à sa propre ruine ?

Un Monarque, un Français refuser la victoire !
Je pardonne aux Mortels d'être lents à le croire.

Louis XII, dit l'Abbé du Bos, perdit ses avantages sur le Pape, pour l'avoir trop ménagé : *Les partis mitoyens ont été souvent le terme de la prospérité des États.*

Son jeune Successeur, ce généreux Valois
Qui soupire en secret au bruit de nos exploits.

Les Historiens disent que François I, alors Duc de Valois, retenu à la Cour de Louis XII, dont il étoit l'héritier présomptif, enviait noblement la gloire dont Gaston se couvrait en Italie. On sait que François, devenu Roi, voulut, après la bataille de Marignan, être fait Chevalier de la main de Baïard : il n'est guères possible à un Monarque d'accorder un plus grand honneur à un Sujet. Baïard, pendant toute sa vie, n'ayant jamais demandé de graces, ne reçut jamais que celles qui ne se demandent pas ; ces honneurs qu'un grand mérite arrache dans le premier moment d'un juste enthousiasme, & avant que l'Envie ait eu le tems de réfléchir. Quand on accorda à ce Grand-homme des places, des dignités militaires ; c'est parce que ces places avaient besoin de lui : & d'ailleurs elles vinrent si tard qu'elles ne pouvaient plus le flatter.

Pour des richesses, on ne lui en offrit point ; il sçut en acquérir avec son épée. Dans son siécle, le Guerrier n'avait besoin que d'elle pour faire fortune. Baïard était né pauvre ; il fit beaucoup de prisonniers, & il vécut riche. Le grand nombre de rançons qu'on lui paya, & que sa générosité taxa toujours noblement, les prises considérables qu'il fit sur les ennemis, lui procurèrent une sorte d'opulence. Son Histoire parle souvent des grandes dépenses qu'il faisait à l'Armée ; non pas pour des objets de luxe : un tel homme méprisait tout ce qui énerve l'ame & le corps ;

mais pour des objets utiles ; pour consumer sa fortune par cet usage honorable, qui est une manière indirecte de la répandre sur la pauvreté noble qui ne pourrait recevoir autrement. Tout était pour Baïard une occasion de libéralité. Des Officiers avaient-ils essuyé quelques pertes dans une action : il se croyait redevable envers eux de ce qu'il avait gagné sur l'ennemi. Dès sa plus tendre jeunesse, *jamais nul de ses Compagnons n'était démonté, qu'il ne le remontât ; s'il avait un écu, chacun y partageait.*

Un jour, son Général lui donne 300 marcs de vaisselle d'agent, que les rebelles de Tortonne offraient pour se racheter du pillage. Baïard n'ose refuser ; mais il cherche un prétexte pour être généreux, & sa belle ame l'a bientôt trouvé. *A Dieu ne plaise*, dit-il, *que ce qui vient de si méchantes gens entre jamais dans ma maison ; cela me porterait malheur :* & il n'avait pas achevé ces mots, que la vaisselle était distribuée aux Soldats. Cependant, dit l'Historien, Baïard alors âgé de vingt-quatre ans n'avait pas dix écus dans sa bourse.

Une autre fois, en faisant la petite guerre, il prend 15000 ducats qui appartenaient à ce fourbe illustre, appelé le grand Général. Un jeune Officier, qui s'était trouvé à cette capture sous les ordres de Baïard, s'écria, en voyant compter tant d'or devant lui : Ah ! si j'avais la moitié de cela, je serais heureux le reste de ma vie. *Prenez*, lui dit Baïard. Le jeune homme crut que c'était une plaisanterie, d'autant plus que Baïard avait sujet de se plaindre de lui : mais quelles furent sa surprise, sa joie & sa confusion, quand il vit que le Chevalier parlait sérieusement ! il prit la moitié des 15000 ducats, & Baïard donna l'autre moitié aux Soldats de sa Compagnie.

Dans un moment qu'il avait consacré au besoin des voluptés, il trouve chez lui une jeune fille qu'on lui avait amenée, & par laquelle il s'attendait à être reçu avec l'enjouement du plaisir. Il la voit en larmes : il la questionne : il apprend qu'elle est fille d'un pauvre Gentil-homme mort à l'Armée ; & que sa mere, réduite à l'indigence, vend pour la première fois, l'honneur de cette malheureuse enfant. Sur le champ Baïard la prend sous le bras, la mène chez une de ses parentes, Dame de la plus grande distinction dans Grenoble : il envoie chercher la mère, lui remontre son infamie, soulage son indigence, paye une dot à la fille, & la marie.

Il est difficile aux plus zèlés partisans de l'Intérêt personnel, de n'être pas attendris, je dirai plus, de ne pas se mépriser, en lisant de pareils traits de désintéressement.

Ils ne veulent sortir de ces fossés sanglans,
Que sur un pont formé d'ennemis expirans.

Ces deux vers contiennent les propres mots que Baïard répondit dans Mézieres, quand on lui proposa de se rendre. (*Voyez les Mémoires de du Bellay-Langey.*) Ce siége de Mézieres est presque le seul événement important de la vie de Baïard, dont je n'ai pu parler dans ma Tragédie. Comment placer sous Louïs XII un fait si célebre du régne de François Premier ? Baïard, avec une poignée de monde, & de mauvais remparts, se défendit dans Mézieres contre deux Armées formidables, & les força à lever le siége. Les Habitans se montrèrent dignes de l'avoir pour Gouverneur. Ils l'égalèrent en courage & en patience. Ils se firent de nouveaux remparts, auxquels il travailla assidûment, comme le dernier d'entre eux. Baïard, qui était né gai, se servit d'une ruse assez plaisante pour jeter la mésintelligence entre les deux Généraux ennemis. Mais cette ruse n'eût pas suffi pour sauver Mézieres, si la valeur & la vraie science militaire n'eussent déconcerté toutes les opérations des Assiégeans. Cette belle défense, & la Bataille de la Bastide, prouvent que Baïard n'avait pas seulement l'intrépidité d'un Soldat, mais qu'il possédait les talens d'un Général ; & qu'il était, comme le dit son Historien, *un vrai registre de Batailles.* Il prenait un soin particulier pour être bien servi en espions.

On célèbre encore tous les ans à Mézieres, avec la plus grande pompe, le fameux jour de la délivrance de la Ville. La principale Cérémonie de la Fête est l'Eloge du Chevalier Baïard, qu'on prononce & qu'on entend toujours avec de nouveaux transports, en répandant ces douces larmes d'admiration & de tendresse, que la vie du plus vaillant des Guerriers & du meilleur des Citoyens fait couler avec délices du fond de tous les cœurs. Une

Ville qu'il honora par ſes belles actions, & qui s'honora en les ſecondant, a toujours droit de s'en glorifier. Ce monument de reconnaiſſance, renouvelé ſans ceſſe par les Citoyens de Mézieres, atteſte qu'un Libérateur ſi cher ne vit pas ſeulement dans leur mémoire : on porte dans ſon cœur les Vertus qu'on aime avec tant d'ivreſſe.

Il me rend, en ſecret, le Duché d'Altémore.

Altémore eſt une Principauté du Royaume de Naples. Elle avait appartenu à la femme de ce brave de Ligny-Luxembourg, ſous qui Baïard avoit fait ſes premieres armes. Le perſonnage, qui porte dans ma Tragédie le nom d'Altémore, eſt de mon invention ; du moins pour ce qui concerne le rang & les titres que je lui donne : car pour ſon infâme ſcélérateſſe, je l'ai puiſée dans l'Hiſtoire du tems.

Du fier Sotomaïore a terminé la vie.

Ce ne fut point l'Amour qui arma Baïard contre Sotomaïore, ce fut l'Honneur ſeul. L'Eſpagnol avait été pris par le Chevalier Français, & abuſant de la liberté honnête qu'on lui avait laiſſée ſur ſa parole, il avait trouvé moyen de s'échapper & avait été repris. Quelque tems après, ayant payé ſa rançon, il retourna à l'Armée Eſpagnole. On lui reprocha la baſſeſſe de ſa fuite, procédé indigne d'un Chevalier. Sotomaïore oſa, pour ſe juſtifier, accuſer Baïard de l'avoir traité durement & d'une maniere peu convenable pour un Gentil-homme. Baïard, qui était la courtoiſie même, fut indigné de ce menſonge, dont on eut ſoin de l'informer. Il envoya un démenti net, & par conſéquent un cartel en forme à Sotomaïore. Celui-ci était brave, & ne refuſa point le combat. Le ſort fut juſte ; & Baïard vainqueur pleura ſon ennemi. Si j'avais 100000 écus, diſait-il, je les donnerais pour l'avoir vaincu ſans l'avoir tué. Au reſte ce combat ſe fit à pied & avec l'épée, comme je l'ai dit dans le ſecond Acte.

Frère du Roi d'Espagne & neveu de mon Roi,
Nemours n'est-il pas né pour commander sur moi?

Gaston, fils d'une sœur de Louis XII, avait lui-même une sœur nommée Germaine de Foix, mariée à Ferdinand, Roi d'Espagne, depuis qu'il était veuf d'Isabelle de Castille. Gaston était traité en tout comme un Prince du Sang: on ne lui donnait d'autre nom à l'Armée que celui de *Monsieur*. Il est certain que Louis XII voulait lui céder le Royaume de Naples, & lui faire épouser Renée de France, sa seconde fille, qui fut depuis Duchesse de Ferrare. C'était peut-être le seul moyen de conserver ce Royaume aux Français, que de donner aux Napolitains un Souverain particulier: leur inconstance envers des Rois étrangers & éloignés d'eux, rendait presque nécessaire cette politique, qui depuis a été adoptée avec succès.

Comme un jeune Soldat desirant les batailles,
Comme un vieux Général il sait les éviter.

Gaston avait fait ses premieres armes à la prise de Gênes & à la bataille d'Agnadel, où il s'était montré en Héros qu'on reconnaît dès l'enfance. Depuis, ayant pris le commandement de l'Armée, il venait de faire dans le Milanès, contre les Suisses, une Campagne digne de Fabius le Temporiseur: & c'est de-là qu'il part pour conquérir aussi rapidement qu'Alexandre. J'avais tâché de peindre, dans les vers qu'on va lire, cette Campagne si singulière pour un Général de vingt-deux ans. Mais j'ai craint que ce morceau ne fît longueur & ne multipliât trop les descriptions. Quand on ne sait pas perdre de vers, il faut renoncer à faire des Tragédies. Je ne donne ceux-ci, qu'afin de m'éviter la peine de remettre en prose ce qu'il est essentiel d'apprendre à mes Lecteurs pour leur faire bien connaître tous les talens de Gaston de Foix. (c'est Baïard qui parle.)

Je me plais à le suivre, & même à l'imiter:
Par sa valeur bouillante il s'est fait notre Achille,

Il est notre Nestor par sa valeur tranquile.
Vous venez de le voir, quand les Helvétiens,
D'une antique amitié rompant tous les liens,
Sous un Prélat fougueux * sortis de leurs montagnes,
Du Milanès, pour vous, inondaient les Campagnes.
Plus faible par le nombre & plus fort par son Art,
Nemours n'a laissé rien au pouvoir du Hazard :
Il élève autour d'eux une digue assurée,
Contient de ce torrent la course resserrée ;
Des bois, des défilés ménage les détours ;
Aux besoins consumans interdit les secours ;
Réduit ce peuple avide à l'extrême indigence ;
Trompe, enchaîne, fatigue, énerve sa vaillance ;
Enfin dans ses rochers le renvoye éperdu
Rougir d'être défait sans avoir combattu.
Ah ! qui sait mieux unir la prudence au courage ?
Avec ces deux vertus un Guerrier n'a point d'âge.

Peut-être ce morceau devenait-il nécessaire pour mieux fonder la Scène du duel ; en faisant voir que c'était le caractère de Gaston de savoir se commander, malgré l'excès de sa vivacité. Caractère vraiment théâtral, & fait en quelque sorte pour le charmant Acteur qui l'a si bien rendu ; pour cette ame impétueuse & tendre, qui peint avec tant d'énergie toutes les passions & toutes les vertus de la jeunesse.

D'épais & longs frimats la Terre détrempée.

J'ai tâché de décrire avec exactitude les difficultés qui s'opposaient à la marche de Gaston : & bien loin de les exagérer, je les ai peut-être affoiblies. Sans la vérité con-

* Le Cardinal de Sion.

ſtante de cet événement preſque incroyable, je n'aurais pas oſé haſarder le coup de Théâtre frappant que produit la nouvelle de l'arrivée de Gaſton. L'étonnement extrême qu'elle doit cauſer, eſt l'impreſſion même qu'elle fit dans le château de Breſſe, lorſqu'on apperçut, au bout de huit jours de marche, les Drapeaux de cette Armée, que l'on ſavait être occupée à quarante lieues de-là contre des forces redoutables, & ſur-tout arrêtée par les neiges & les glaces, par trois rivières débordées qu'il fallait paſſer en préſence de deux Camps nombreux. Mais de telles difficultés, inſurmontables pour les Généraux vulgaires, irritaient Gaſton & ne l'arrêtaient pas. Malheur à qui voit trop les obſtacles, & à qui ne les voit pas aſſez!

Avant de voir Nemours, j'appris à le chérir.....

Cet amour d'Euphémie, né avant qu'elle eût vu Gaſton, & ſur le ſeul bruit de ſa gloire, reſſemblerait à l'amour de M. de l'Empirée, ſi la Renommée n'annonçait pas les graces d'un jeune Prince en même tems qu'elle publie ſes exploits. Il eſt très-naturel qu'une jeune fille s'attache en ſecret, & deſire de plaire à un Héros de vingt ans, qui a la réputation d'être auſſi beau que courageux. Hermione avouë dans *Andromaque*, qu'elle avait déja du penchant pour Pyrrhus avant de l'avoir vu.

> A qui même en ſecret je m'étais deſtinée,
> Avant qu'on eût conclu ce fatal Hyménée.

Et Corneille a dit ſi agréablement dans une Comédie :

> Le Ciel, entre les cœurs, par un ſecret pouvoir,
> Sème l'intelligence avant que de ſe voir.

L'Hiſtoire de la Chevalerie nous offre plus d'un exemple de paſſions ſemblables. J'ai tâché, autant qu'il m'a été poſſible, de peindre les mœurs du tems, dans les plus petites circonſtances, même dans celles qui étaient indifférentes à ma Pièce.

Vengeur de deux Cités, Vainqueur dans trois combats.

La délivrance de Bologne par Gaston de Foix était encore une espèce de miracle, par la rapidité avec laquelle il avait volé du fond du Milanès au secours de cette Ville. A son arrivée, les Confédérés, quoique plus forts que lui, prirent la fuite & laissèrent battre leur arrière-garde. De-là Gaston revolant à Bresse, détruisit presque entièrement les deux corps d'Armée qui lui disputèrent le passage du Mincio. Tous ses exploits, & la reprise de Bresse, furent l'ouvrage de quinze jours, du 4 Février au 19. Le Lecteur reconnaîtra dans ce vers; *& c'est la même Armée, on n'y changea qu'un homme*, un mot de Louis XIV au sujet du Duc de Vendôme, Vainqueur à Villa-viciosa.

Aux exploits de Fornouë accoutumons la France.

Baïard, âgé de 19 ans, avait pris un Etendard à la Bataille de Fornouë, & avait eu deux chevaux tués sous lui. Charles VIII lui fit présent de 500 écus pour le dédommager & le récompenser. Les Historiens ne sont pas d'accord sur le nombre des Troupes qui composaient les Armées Française & Italienne à cette fameuse journée, ni sur la perte des deux partis. Les uns donnent à Charles VIII sept à huit mille hommes, & aux Italiens 30000 : ils font monter la perte de ceux-ci à 4000 hommes, & celle des Français à 200. D'autres, & notamment l'Historien de Baïard, qui est plus croyable, parce qu'il était contemporain, donnent au Roi de France 10000 hommes, dont il perdit 700; & aux Alliés 60000, dont il resta 10000 sur le champ de bataille.

Voyons qui de nous, en ce jour,
Saura, par plus d'honneur, mériter plus d'amour.

Ces expressions, vraiment Chevaleresques, sont celles à-peu-près dont Gaston même se servit avant la Bataille de

Ravenne : *Voyons ce que vous ferez aujourd'hui pour l'amour de ma Mie.*

Qui dépouillez nos champs pour vos climats barbares....
Nous ravissez encor les cœurs qui sont à nous.

Les Italiens appelaient du nom commun de Barbares tous les Etrangers qui se disputaient l'Italie. Le projet de Jules II & de quelques autres Papes, fut de détruire ces Barbares les uns par les autres. On voit que je n'ai pas dissimulé les défauts du Militaire Français. J'ai avoué son inconstance, son peu de discipline, sa négligence après une victoire, & la hauteur peu politique avec laquelle il se comporta envers les Italiens. Ces Peuples jaloux préférèrent les Allemands qui, dans leur ivresse, accablaient les Hommes de mauvais traitemens, aux Français qui, dans leur gaieté, traitaient trop bien les femmes.

Chabannes, Luxembourg, Tonnerre, d'Aubigny,
. . . . & toi, cher Coligny.

Ce ne sont point ici des noms entassés au hasard ; tous les Seigneurs que j'ai nommés dans la Pièce, sont choisis parmi ceux qui se signalèrent le plus dans cette Guerre, & dont les Historiens font les mentions les plus honorables. Chabannes, depuis Maréchal de France, était le fameux La Palisse, qui commanda l'Armée après la mort de Gaston, & qui fut lâchement massacré après la Bataille de Pavie. Vendenesse, son frere, avait pris lui-même à Agnadel le Général l'Alviane ; il était fort aimé de Baïard ; il fut tué à ses côtés, deux minutes avant lui. Philibert de Clermont-Tonnerre avait été un des Compagnons de Baïard au célèbre Combat de la Bastide. Stuart d'Aubigny, aussi Maréchal de France, avait plusieurs fois commandé nos Armées dans le Royaume de Naples, tantôt contre, tantôt avec le Grand Gonsalve. Coligny, Seigneur de Châtillon, & Oncle du fameux Amiral, fut blessé à mort au Siége de Ravenne, la veille de la Bataille. D'Alègre commandait le

Corps de réserve à l'Assault de Bresse, & l'Arrière-Garde à la Bataille de Ravenne : il fut tué à cette derniere journée avec son fils. Luxembourg était le Fils du Comte de Ligny, premier Maître de Baïard. Crussol est également nommé parmi les braves d'Agnadel & de Ravenne. Lautrec, Cousin-Germain de Gaston, fut couvert de blessures à côté de ce Héros expirant : & quand on lit les malheurs qui le poursuivirent pendant les quinze années qu'il survécut à son Cousin ; quand on voit les Armées qu'il commandait, périr malgré ses talens & son zèle, par l'effet des intrigues de la Cour ; quand lui-même meurt de regret de ne pouvoir sauver ses Soldats, dont il se sent le Père ; qui ne préférerait à cette vie odieuse la mort prématurée de l'heureux Gaston de Foix ? Car enfin un Homme qui n'a point éprouvé d'infortune avant sa mort, peut-il être appelé malheureux ? Ce nom n'est dû qu'au Mortel qui traîne sa vie en cherchant sans cesse le bonheur qui le fuit.

Brissac, mon digne Emule.

On dira que je fais parler Baïard en 1512, comme il parlerait aujourd'hui : j'en conviens. Mais il y a long-tems que les Brissacs sont les dignes émules de Baïard. Le fameux Timoléon de Cossé, dont le Camp fut l'Ecole de tout le Militaire Français, pendant le Règne de Henri II, avait cette fermeté héroïque, cette droiture franche, cette bonté affable & généreuse, sur-tout cet amour sans bornes pour la Patrie & pour le Souverain, cet enthousiasme de l'Honneur Français, qui ont caractérisé l'ancien Baïard, & que nous retrouvons dans le Baïard de notre siècle.

Je ne puis me refuser de rappeler ici ce trait admirable dont Rome & Athènes auraient été si orgueilleuses. Pour payer les Officiers de l'Armée de Piémont, & les Marchands du Pays qui avaient approvisionné cette Armée ; un Ministre, Tyran de la Nation & du Roi, osa concevoir l'insolente cruauté de faire planter des Potences devant le Palais de Fontainebleau, & de faire afficher qu'elles étaient destinées pour ceux qui viendraient présenter des comptes ou solliciter des graces à la Cour. Le Maréchal de Brissac, entouré de ses Officiers sans pain, & de ses Marchands ruinés ; dit aux premiers : mes amis, venez à Briſſac, tant que j'y aurai du pain pour moi, il y en aura pour vous : & aux autres : j'allais marier ma fille, ſa dot eſt toute prête ; c'eſt un à-compte que je vais vous donner pour le Roi. Qu'une telle action était une riche dot pour ſes enfans ! S'il y avait eu alors un Prince du Sang, Maître de ſa main, & dont l'ame eût été digne de celle de Briſſac, il aurait épouſé à l'inſtant la jeune Coſſé. Et les Grands Ecrivains de la France oublieront de pareilles Vertus ! Et l'on ne nous parlera jamais que des Cincinnatus & des Ariſtides !

Au reſte notre *Chevalier ſans peur & ſans reproche* n'eſt pas négligé aujourd'hui comme Baïard le fut par Louis XII & par le Cardinal d'Amboiſe. Le modèle des Guerriers ſe voit à leur tête ; & le Sceptre de l'Honneur a été mis dans les mains qui devaient le porter.

Contemplez de Baïard l'abbaiſſement auguſte.

Cette Scène de Duel & les autres Scènes qui l'amènent, forment un Epiſode, que je crois intéreſſant. Je n'en ai rien dit dans ma Préface, ne voulant point ôter à mes Lecteurs le plaiſir d'une ſurpriſe qui pouvait m'être avantageuſe. J'ai réſervé à m'expliquer dans cette note, qui ſera plus dramatique qu'hiſtorique.

Le fond de l'événement eſt cependant tiré de l'Hiſtoire. Baïard n'eut jamais de différends avec Gaſton : mais il en eut un très-vif avec l'Amiral Bonnivet, qui était auſſi ſon Général ; & qui l'avait expoſé dans le mauvais poſte de Rebec, où il ne l'avait pas ſoutenu, malgré les promeſſes les plus poſitives. L'Auteur de la Vie de Baïard dit, en propres termes, que le Chevalier, quelques jours avant ſa mort, *eut des paroles fâcheuſes avec l'Amiral ; & que s'il eût véou plus longuement, tous deux auraient peut-être paſſé plus avant.* Pour moi, je crois que Baïard, ce rigide Obſervateur de la Diſcipline Militaire, n'aurait pas commencé, à l'âge de 48 ans, à la violer au point d'appeler ſon Général en duel, pour une opération imprudente dont il l'avait chargé. Je m'en repoſe ſur la belle Ame du Chevalier ſans reproche : elle aurait trouvé mieux que moi un moyen noble d'effacer ce que cette querelle pouvait avoir eu de *fâcheux* pour son Général & pour lui.

Le parti que je lui ai fait prendre dans ma Pièce, m'a été suggéré par un Roman célèbre, rempli de traits sublimes, & dont on a déja essayé de mettre quelques situations sur notre Théâtre. Mais Corneille nous ayant enseigné dans les Horaces, dans Sertorius, &c. que la beauté des Scènes d'Héroïsme consiste dans la grandeur égale de deux Personnages, il m'a fallu créer l'autre moitié de la Scène du Roman; car l'Auteur, qui n'avait pas les mêmes obligations qu'un Poëte Tragique, n'avait fait briller qu'un de ses Acteurs. Je crois donc que la magnanimité de Gaston, aussi grande que celle de son Rival; la précaution héroïque qu'il prend de faire Baïard son Héritier, si Baïard le tue; que la présence des deux Traîtres & leur effroyable projet de massacrer le Vainqueur sur le Corps du vaincu; que cette foule de Chevaliers, qui accourent soudain à la voix de Baïard pour être témoins de la réparation qu'il fait à son Général; enfin que la présence d'Euphémie à ce spectacle si satisfaisant pour elle, ajoûtent à ce moment un intérêt, un appareil Théâtral que mon Modèle ne désapprouvera point.

La Scène où la querelle naît & s'échauffe entre les deux Héros était d'un genre tout neuf; mais elle était très-délicate à manier. Je me suis cru obligé de consulter quelques-uns des Juges Suprêmes du point d'Honneur, afin de m'assurer si l'insulte était assez marquée pour produire la nécessité d'une réparation, & si elle n'était pas assez grave pour exiger le Combat à l'instant même entre deux Guerriers de cet Ordre. Ma Scène leur a paru remplir ce double objet, & peindre avec quelque vérité les malheureuses mœurs de notre Europe Moderne, qui nous exposent à voir tous les jours deux Amis entrer dans une Assemblée en s'embrassant, prêts à donner leur sang l'un pour l'autre; & un quart d'heure après, sur une parole imprudente, courir s'entre-égorger.

Comme ces deux Scènes *du défi & du duel* avaient fait quelque bruit dans le Monde avant la représentation, la Critique s'était déja éveillée; & je crois devoir laisser ici les réponses que j'avais faites à ses objections, par ce qu'elle les répète toujours malgré le cri public. Baïard, a-t-on dit, est plus âgé que Gaston; il devrait donc être moins emporté. Il est vrai que, s'ils avaient tous les deux une égale raison de s'emporter, le plus jeune devrait être le plus prompt : mais Nemours est aimé, il n'a point de motif de colère : au lieu que Baïard, apprenant tout-à-coup qu'il a un Rival heureux, se croit trompé & a droit d'être jaloux. Baïard n'avait que 36 ans en 1512, & à cet âge la jalousie peut encore égarer un moment. D'ailleurs, dans une querelle subite entre deux Amans Rivaux, également fiers & généreux, mais inégaux par le Rang, l'Inférieur met sa gloire à braver & le Supérieur à se contenir.

On a dit encore qu'il eût été plus beau que Gaston fût l'Offenseur, & qu'il fît à son Inférieur la même réparation que celui-ci lui fait. Je pense au contraire que cela eût été choquant. En effet, nous louons le Grand Condé d'avoir oublié sa naissance jusqu'à accepter un Duel avec un simple Officier qu'il avait insulté involontairement. On sait que l'Officier, content de cet honneur insigne, mit son Epée aux pieds du Prince. Mais figurez-vous le Prince mettant son Epée aux pieds de l'Officier, & vous serez révolté. *Est modus in rebus.* Une satisfaction suffisante honore celui qui la fait; une réparation outrée, l'avilit. La position de Gaston de Foix, fils de la Sœur du Roi, désigné lui-même pour être Roi de Naples, & actuellement Général de Baïard, est la même, à quelques égards, que celle du Prince de Condé : mais elle est encore plus délicate, par une raison. Baïard était, depuis dix ans, le Chevalier le plus fameux & le plus terrible dans les Combats singuliers; Gaston, tout jeune encore, & lui faisant réparation, pouvait être soupçonné de le craindre; & Baïard ne pouvait jamais être soupçonné de craindre Gaston. Il y a plus. Comme il fallait nécessairement que Baïard, pour répondre à la générosité de son Rival, sur-tout si elle eût été excessive, eût fini par lui céder sa Maitresse; on n'eût pas manqué de dire que Gaston, en s'humiliant devant lui, avait eu en vue d'obtenir le prix de cet abbaissement, & avait lâchement immolé sa gloire à son amour. Ces raisons me paraissent sans réplique.

Enfin, suivant un autre plan qu'on m'a proposé, si j'eusse représenté Baïard offensé, ayant droit de demander réparation, & cependant mettant son Epée aux pieds de Nemours, & lui cèdant encore Euphémie; Nemours eût été accablé de confusion, anéanti par la gloire de son Rival, hors d'état de lui répondre que par un sot repentir, & dès-lors dégradé aux yeux du Spectateur.

Il

Il me semble que j'ai ménagé au contraire l'honneur de mes deux Héros, de façon qu'il est difficile de décider lequel est le plus généreux. D'un côté l'action de Nemours est au-dessus de celle du Prince de Condé; parce que Nemours est l'Offensé, Condé était l'Offenseur. De l'autre, Baïard est bien plus grand que l'Officier, parce qu'il répare; parce qu'il met le plus éclatant appareil à sa réparation; & parce qu'il sacrifie son amour. J'avoue que, depuis le succès éclatant de ces deux Scènes, je me trouve heureux, & très-heureux, de les avoir conçues d'abord telles qu'elles sont, sans avoir seulement eu la moindre idée de toutes ces autres tournures qui auraient pu m'égarer; & dans lesquelles je ne vois que des illusions enfantées par la fureur de critiquer, mais qui disparaissent après un instant d'examen. Tant il est vrai que la Critique est aisée & l'Art est difficile!

Cet encens noble & pur.....
Il eut droit d'être offert aux plus illustres Reines.

La Reine de Castille, Femme de Henry de Transtamare, appelait du Guesclin son Chevalier.

Court à ce Pont fatal, le voit sans Défenseurs,
S'élance, arrête seul les Espagnols Vainqueurs.

Baïard renouvela deux fois en sa vie cette action presque incroyable d'Horatius Coclès. Au pont du Garillan, dans le Royaume de Naples, il arrêta seul deux cents Espagnols: on le secourut à tems, & ils furent chassés. Après la funeste journée des Eperons, il sauva les débris de l'Armée Française, en se sacrifiant lui-même, & en retenant pendant près d'une heure, avec quinze Gendarmes, à l'entrée d'un Pont, la plus grande partie de l'Armée victorieuse. Mais un Corps d'Anglais, ayant passé la Riviere sur des batteaux, vint l'enveloper par derrière: & Baïard, par un tour assez plaisant, fut pris sans être prisonnier. En effet il perce tout ce qui l'entoure, & remarquant au-delà du Pont un Officier Anglais qui, croyant l'action finie, & excédé de fatigue, était assis au pied d'un Arbre, il court à lui la lance en arrêt, & lui crie : Rends-toi, Homme d'Armes, ou tu es mort. L'Anglais effrayé se rend : & moi, lui dit Baïard, je me rends aussi à vous. Depuis, l'Officier Anglais osa demander la rançon de Baïard à qui il devait la vie. L'Empereur & le Roi d'Angleterre rejetèrent cette prétention ignoble.

Tout le fer d'une lance encor dans sa blessure.

Baïard, à l'assault de Bresse, voulut se charger de la pointe de l'attaque. Au moment qu'il venait d'emporter le retranchement, » il reçut, dans le haut de la cuisse, un » coup de pique qui entra si avant, que le bout se rompit; » le fer & un tronçon du bois restèrent dans la plaie. Il dit » au Seigneur du Molard, son parent, qui combattait » auprès de lui : *Compagnon, faites marcher vos gens, je* » *suis mort.* Nemours apprend ce malheur, & s'écrie en » versant quelques larmes : *Eh ! mes amis, vengeons le* » *plus accompli Chevalier qui fut au monde.* La Ville fut bientôt forcée, & quelques Archers y portèrent Baïard *sur une porte qu'ils dépendirent.* On n'avait pas alors dans nos Armées ces soins prévoyans & inconcevables, que l'Humanité sait prodiguer aujourd'hui, au milieu des champs de carnage où elle est si horriblement outragée. Baïard fut long-tems sans être secouru, dans la maison où on le porta. La Dame, à qui cette maison appartenait, se jeta à genoux, le suppliant de sauver sa vie, ses biens & l'honneur de ses filles. Le Chevalier lui jura que sa présence serait une Sauve-garde assurée. Cette femme alla elle-même, avec deux Soldats, chercher le Chirurgien qui ôta le fer de la plaie, & décida que la blessure n'était pas mortelle. Cet événement était théâtral & tout-à-fait dans le genre de la Tragédie Grecque. Je prie cependant d'observer que Baïard ne reste sur la Scène que six minutes au plus ; & que, selon l'Histoire, il garda le fer dans sa plaie pendant plus d'une heure ; ce qui se voit tous les jours à la Guerre.

Mes cinq derniers Aïeux, morts au lit des Héros,
Reconnaissent leur Fils mourant sur des Drapeaux.

Baïard ſortait de la famille des Terrails, ancienne Maiſon du Dauphiné, établie à Grignan, & qu'on croit originaire d'Allemagne. Les ancêtres de Baïard étaient déjà illuſtres ſous les Princes particuliers qui gouvernaient le Dauphiné, avant que cette Province fût donnée à la France. Aubert Terrail, cinquième aïeul du Chevalier, fut tué dans une bataille à côté du Dauphin Humbert. Philippe, quatrième aïeul, étant paſſé ſous la domination Françaiſe avec la Province, fut tué à la bataille de Poitiers. Jean, ſon fils, à celle de Verneuil; Pierre I, ſon petit-fils, à celle d'Azincourt; Pierre II, aïeul de Baïard, à Montlhéry. Enfin Aimond, ſon père, reçut quatre bleſſures à la bataille de Guinegaſte, & reſta tellement eſtropié qu'il fut obligé de quitter le Service.

Le Chevalier Baïard eut trois frères. George, qui lui ſuccéda; & deux autres qui étaient dans l'Egliſe. George n'eut que des filles: & il ne reſta plus de mâles de la famille, que ceux d'une branche ſortie de Pierre I, mort à Azincourt. Cette branche s'eſt perpétuée juſqu'en 1622, ſous le nom de Terrail, Seigneurs de Bernin. (M. d'Expilly.) C'eſt de cette branche que deſcendent, par les femmes, M. le Comte d'Eſtaing, Lieutenant-Général des Armées du Roi, & M. le Duc de Coſſé, qui eſt petit-fils d'une d'Eſtaing J'ai eu cette alliance en vue, quand j'ai dit au cinquième acte: *D'Eſtaing, Cœur tout de flâme, à qui le ſang me lie*: & les vers qui ſuivent ſont relatifs à l'événement glorieux qui a mérité aux d'Eſtaing l'honneur de porter les armes du Roi. On ſait qu'un de leurs ancêtres ſauva la vie à Philippe-Auguſte renverſé de ſon cheval au fort de la mêlée, ſur le champ de bataille de Bovines. *Voyez Daniel.*

Un traître m'a frappé: ne pleure pas ſur moi;
Pleure ce malheureux qui viole ſa foi.

C'eſt le fameux mot de Baïard mourant, au Connétable de Bourbon. » Monſeigneur, il ne faut pas avoir » pitié de moi, qui meurs en homme de bien: mais j'ai » pitié de vous, qui êtes armé contre votre Prince, votre » patrie & votre ſerment ». M. de Voltaire a fait uſage de » ce mot dans ſa belle Tragédie d'Adélaïde du Gueſclin.

Je te plains plus que moi, de trahir ſans remords
Et le Roi qui t'aimait & le Sang dont tu ſors.
. . . . Plaignez-le plus que moi ;
Plaignez-le, il vous offenſe, il a trahi ſon Roi.

Je n'ai pas cru que cela dût m'empêcher de rendre à Baïard des paroles qui lui appartiennent. Elles produiſent dans ma Pièce une ſituation moins vive ; mais qui a une délicateſſe particulière, en ce que Baïard, parlant au coupable même, croit lui parler d'un autre. C'eſt gagner un peu, en perdant beaucoup.

Trente mille Guerriers, ardens à ſe défendre. . . .
Par dix mille Français forcés dans un Rempart.

Quoique j'aie mis des Eſpagnols & des Romains dans Breſſe, je n'ai pas augmenté le nombre des Combattans qui défendaient la Ville : il ſe montait à plus de 22000 hommes, ſans compter les Habitans qui étaient tous armés. Les Femmes mêmes jetaient par les fenêtres des pierres, de l'eau bouillante, &c. Nemours n'avait pas douze mille hommes en tout ; & il en avait laiſſé douze cents ſous les ordres de d'Alègre, vers la Porte de Saint-Jean, la ſeule que les Ennemis n'euſſent pas murée, & par laquelle ils pouvaient faire une ſortie. Ces douze cents hommes ne montèrent point à l'Aſſault ; ils écraſèrent les Fuyards. La diſproportion était ſi grande pour le nombre, entre les Aſſaillans & les Défenſeurs de Breſſe, que ceux-ci, ſe croyant ſûrs de leur triomphe, délibérèrent s'ils inhumeraient les Français en Terre-Sainte : (car on regardait comme excommuniés des gens qui faiſaient la Guerre au Pape.) C'était bien-là l'hiſtoire de l'Ours & des Chaſſeurs.

Et notre Armée en ordre au fort de la tempête,
Comme un Camp deſſiné pour les jeux d'une fête.

Les Hiſtoriens parlent tous avec enthouſiaſme, de la préciſion & de la facilité avec laquelle Gaſton faiſait faire à ſon

Armée les plus grandes évolutions, & tous ces mouvemens rapides qui gouvernent la Fortune. Après avoir forcé les Retranchemens & les Remparts de Bresse, il arrêta ses Troupes au-delà d'un Pont, & les remit si promptement & si bien en ordre qu'on aurait cru qu'elles n'avaient pas encore vu l'Ennemi. Il recueillit à l'instant le fruit de sa sagesse. Car il trouva, sur la grande Place de la Ville, la Gendarmerie Vénitienne toute fraîche & dans la plus belle ordonnance. Que seraient devenus les Vainqueurs, si leur Général leur eût permis l'abus de la Victoire, & s'il ne les eût pas accoutumés à être toujours prêts à combattre, même en sortant du Combat? Qu'il est surprenant que le seul Général de ce siècle qui ait porté la Discipline & la Manœuvre Militaire à ce point de perfection, ait été un jeune homme de 20 à 22 ans! Quelle tête & quel génie! Aussi disait-on de lui, qu'il était l'Ame de son Armée, & » qu'il la faisait mou» voir aussi aisément qu'il remuait son propre Corps. Au mi» lieu de la mêlée il prenait son parti aussi tranquilement que » dans sa Tente. Le Soldat montrait, dès qu'il le voyait, » une confiance qu'il n'avait pas sous les autres Chefs «. On hasardait tout avec lui, parce qu'on l'adorait, & parce qu'on croyait presque ne rien hasarder. En effet à cet Assault de Bresse, qui coûta une Armée entiere aux Assiégés, il ne perdit pas deux cents hommes.

On peut m'ôter ce fer, dût-il trancher mes jours;
Je vois la France heureuse & lui laisse Nemours.

Ce mot est d'Epaminondas: & j'ai pu le prêter à Baïard: on a assez prêté aux Anciens les belles paroles de nos Grands Hommes.

Je cours lui présenter les Palmes de la Gloire;
C'est aux mains de l'Amour à parer la Victoire.

C'était l'emploi des Femmes de couronner les Chevaliers vainqueurs dans les Tournois. Après des combats réels, & surtout après la délivrance d'une Ville assiégée, elles jouissaient souvent du même honneur. J'observerai, en passant, qu'une vingtaine de vers de galanterie Françaiſe, ſemés dans cette Tragédie, m'y paraiſſent à leur place : & ſi le reproche qu'on fait à Racine, d'avoir habillé les Grecs & les Romains à la Françaiſe, était fondé, (ce que je n'ai jamais cru) on aurait mauvaiſe grace à le tourner contre moi. Ai-je dû peindre Baïard en Caton, & Nemours en Thémiſtocle ?

Je ſais ce nouvel Art ignoré des Français.

Le premier eſſai de la Mine fut fait en 1487, par les Génois, au Siége de Sérézanella : l'eſſai n'ayant pas réuſſi, on regarda cet Art comme une chimère. Navarre, Soldat de fortune, & par conſéquent Homme de génie, vit que ce n'était pas la faute de l'Art, mais celle de l'Ouvrier. Il perfectionna la nouvelle invention ; & en 1503 il renverſa les remparts des Châteaux de Naples. Mais il n'était pas encore bien ſûr de ſes principes : car en 1512, peu de jours avant l'Aſſault de Breſſe, il fit ſauter une muraille de Bologne ſi perpendiculairement, qu'elle retomba à la même place. Les Bolonais regardèrent cet événement comme un miracle fait en leur faveur & contre le Pape : ce qui fournit d'aſſez bonnes plaiſanteries à nos Hiſtoriens. J'ai donné la connaiſſance de cette Science récente, à Altémore plutôt qu'à Avogare, parce que les jeunes gens ſont toujours plus amoureux des nouvelles inventions que les Vieillards. Mais j'ai cru que l'incertitude d'un Art naiſſant, & le défaut d'expérience qui rendait encore les mépriſes fréquentes, pouvaient me ſervir un peu pour le dénoûment de ma Pièce.

Non, Peſcaire jamais n'a trahi ſes ſemblables.

Ce Général Eſpagnol, très-habile dans l'Art Militaire, fut toute ſa vie intriguant & factieux : élevé à la Cour de Ferdinand, il lui était difficile d'avoir l'ame honnête. Il fut pris par Gaſton de Foix à la Bataille de Ravenne : dans la ſuite il contribua, preſque autant que le Connétable de Bourbon, à la Victoire de Pavie : mais il voulut ſe rendre Maître de la perſonne de François I, pour compoſer avec

Charles-Quint & lui faire la loi. Il finit par tromper ses semblables : il livra indignement Moron, Chancelier du Milanès, & tous les autres Conjurés avec lesquels il avait formé le plan de chasser Charles-Quint de l'Italie, & de s'assurer le Royaume de Naples pour prix de sa trahison. Le complot ayant été découvert, Pescaire feignit de ne s'y être prêté que pour mieux en connaître les ressorts, & les dévoiler ensuite à l'Empereur. Cette tournure ne persuada pas Charles-Quint, & Pescaire mourut peu de tems après d'une façon assez suspecte.

Epargnez l'Habitant ; faible instrument du crime,
On l'en rend trop souvent la première Victime.

Gaston était aussi clément, aussi humain, que brave. Il voulut épargner aux Bressans la ruine de leur Ville ; il leur proposa de se rendre à des conditions honnêtes, quelque criminelle que fût leur rébellion : ils lui répondirent par des plaisanteries Italiennes sur sa jeunesse & sur sa belle figure. Nemours fut forcé de donner l'Assault ; & après avoir emporté les remparts, il fallut combattre encore de rue en rue : alors il n'y eut plus de moyen capable d'arrêter la fureur des Troupes ; & Gaston aurait été désobéi pour la premiere fois, s'il avait voulu empêcher le pillage. L'Historien de Baïard atteste que *Nemours ne voulut ni boire ni manger qu'il n'eût rappelé tous les Capitaines & rétabli l'ordre.* Malgré tous ses soins, ce fut une boucherie : il y eut huit mille Soldats Vénitiens & plus de douze mille Habitans de tués. La rage des Francais était légitime ; car les Bressans, lors de leur rébellion, avaient impitoyablement égorgé tous les Français établis dans leur Ville, sans vouloir faire grace à un seul.

Le Comte Avogare prit la fuite & fut arrêté par la Cavalerie de d'Alègre. Je ne sais pour quelle raison l'Auteur des Vies des Hommes Illustres a voulu rendre intéressans ce Traître Avogare & son fils, en les représentant tous deux sur le même Echaffaud s'embrassant à l'heure de la mort. Cette image semble jeter sur le caractère de Gaston une teinte de cruauté qui lui est absolument étrangere, & que mon devoir m'oblige d'effacer entiérement. Discutons le fait avec exactitude.

L'Historien de Baïard ne dit point que le fils d'Avogare soit mort dans les supplices : il ne parle que du Père & de deux autres Bressans qu'il nomme. L'Abbé du Bos dit que » Gaston, qui savait punir & récompenser, fit trancher la » tête sur le champ au Comte Avogare; & que, quelques » jours après, ses deux Fils furent exécutés avec les autres » Chefs de la révolte ». J'ignore d'où il emprunte ce récit, qui est fort différent du premier. Car immoler le Fils aux yeux du Père, eût été une barbarie digne de Louïs XI, & non pas de Gaston de Foix. Mais les punir tous deux séparément, quand ils étaient tous deux si coupables, c'était un acte de justice devenu nécessaire ; & je le prouve.

Si Avogare fût né Vénitien, il aurait eu une sorte d'excuse dans le desir d'être utile à ses premiers Maîtres : quoique ce ne soit jamais par des trahisons que l'on doive servir sa Patrie ; ou au moins, quand on les hasarde, on s'expose au salaire qu'elles reçoivent dans tout Pays. Mais Avogare était né Bressan, & par conséquent Sujet de Louïs XII, puisque Bresse avait toujours fait partie du Milanès. Si Louïs XII avait, pendant quelque tems, cédé cette Ville aux Vénitiens; certainement, quand il était rentré dans ses droits, ses anciens Sujets étaient inexcusables de le trahir pour des Maîtres qu'ils n'avaient servis que dix ans, & sous la domination desquels ils n'étaient pas nés. Il faut observer encore que ce n'était pas la premiere trahison qu'on eût tramée dans Bresse. Baïard, qui n'était pas cruel, avait été obligé, quelques mois auparavant, d'y faire couper la tête à un Comte Martiningue, Chef d'une autre conspiration. Les Français étaient las de toujours pardonner, & d'être toujours les victimes de leur clémence. Il y a de la barbarie à épargner ces Bourreaux de l'Humanité, qui par leurs intrigues prolongent des Guerres, excitent des soulèvemens, des massacres, & font périr une multitude d'Hommes vertueux. Avogare & ses complices venaient, par leur conjuration, de causer la perte de vingt-deux mille Italiens leurs Compatriotes ; ils avaient fait assassiner en pleine paix un grand nombre de Français; ils avaient voulu perdre notre Armée entiere; Baïard était expirant par une suite de leur révolte; & Nemours leur aurait fait grace ! Et on regrettera trois Têtes perfides qui s'embarrassaient si peu d'en faire tomber des milliers; ces Lâches qui n'avaient pas su mourir noblement au milieu de leurs innombrables Victimes !

Mais doublez la rançon qui dut m'être remise;
A vos Soldats blessés je la voulais offrir.

C'est ici une imitation assez faible de la générosité que Baïard exerça envers la Dame chez laquelle il avait été porté après sa blessure. Cette heureuse mère, pensant lui devoir un témoignage de sa reconnaissance, & même une sorte de rançon pour le salut de ses filles & la conservation de ses biens, lui apporta, lorsqu'il allait partir, un petit coffre rempli de 2500 ducats. Baïard sourit : elle crut qu'il s'indignait de la modicité de la somme : mais bientôt détrompée, & voyant ses refus qu'elle ne pouvait vaincre, elle s'en offensa. Le bon Chevalier, ne voulant pas l'affliger tout-à-fait, la pria de faire venir ses filles; & après s'être excusé devant elles de ce qu'il n'avait pas à leur offrir des présens assez honorables, il leur dit : « mais en voilà un que » votre mère vient de me faire accepter; daignez partager » entre vous deux ces 2000 ducats; afin qu'il soit dit que » Baïard a aidé à vous marier. » A l'égard des cinq cents ducats restans, il pria la mère de les distribuer pour lui aux plus malheureux des Habitans qui avoient été pillés.

J'ai beaucoup regretté que cette situation intéressante ne fût point Tragique : il a fallu en changer l'objet pour l'adapter à mon plan : encore ne pouvait-elle convenir qu'à un moment tranquile, tel qu'est ordinairement l'ouverture d'un Acte. Heureusement celle du cinquiéme Acte de ma Pièce exigeait un petit établissement de Scène, auquel ce hors-d'œuvre pouvait convenir : mais dès-lors il m'était indispensable d'être très-court.

Voilà de l'Italie & l'opprobre, & la gloire.

J'ai eu soin de rendre aux Italiens la justice qui leur est dûe, en ne rejetant pas sur leur Nation la honte de quelques Scélérats. Euphémie & le Duc d'Urbin sont des personnages vertueux qui honorent leur Pays. Si le Duc d'Urbin n'a pas d'abord toute la franchise de nos Chevaliers, il les égale enfin en magnanimité, & il est le premier à se reprocher de les avoir égalés trop tard. Je n'ai parlé qu'avec les plus grands & les plus justes éloges, des Vénitiens, & en particulier du célèbre l'Alviane. Il n'était point à Bresse : il était encore prisonnier depuis la bataille d'Agnadel. Le Providiteur Gritti commandait l'Armée qui surprit & défendit Bresse. Il fut pris dans une maison, où il essaya vainement de rendre un reste de combat. Quant aux Vénitiens en général, nos Historiens Français, & notamment celui de Baïard, rendent à leur courage & à la noblesse de leurs procédés, pendant toute cette guerre, un hommage que je me suis fait un devoir & un plaisir de renouveler. Il est triste que la gloire de cette République serve à augmenter le déshonneur de Jules II & de Ferdinand.

Tu crois n'avoir rien fait tant qu'il te reste à faire.

C'est la traduction littérale de ce fameux vers : *Nil actum reputans, si quid superesset agendum.* On varie assez sur les circonstances de la mort de Gaston de Foix. Voici les détails les plus vraisemblables : l'Historien de Baïard, qui me les fournit, devait les avoir entendu raconter plus d'une fois à son Maître.

La Victoire de Ravenne étant décidée, Baïard pria Gaston de le charger de la poursuite & de rester sur le champ de bataille. Gaston y resta quelque tems. Mais un Corps de Piquiers Espagnols avait percé au commencement de l'action un Corps d'Archers Français, & n'osant plus retourner en arrière où tout était couvert de nos troupes victorieuses, il prit le chemin de la ville pour s'y réfugier. Gaston, n'étant pas fort loin de la chaussée, voit ce mouvement, s'avance pour reconnaître, & crie à quelques Archers qui venaient le rejoindre, *qu'est-ce que c'est?* Ils répondent : *Ce sont les Espagnols qui nous ont défaits.* Nemours, croyant le mal beaucoup plus grand qu'il n'était, part comme l'éclair, ne pense pas qu'il s'est éloigné du gros de sa Cavalerie, & qu'il n'a autour de lui que quinze hommes d'armes ; il fond sur les deux bataillons Espagnols, y pénètre malgré la forêt de Piques qu'on lui oppose : mais bientôt son cheval est tué; Nemours tombe; il se relève, & se défend long-tems en déſeſpéré, n'ayant d'autre arme que ſon épée. En vain Lautrec s'écrie : ne le tuez pas ; c'eſt notre Vice-Roi, le frère de votre Reine : les Eſpagnols furieux le percent de mille coups ; il reçut, au viſage ſeul, quatorze bleſſures.

Baïard revenant de la pourſuite, rencontra les mêmes Bataillons ; il leur fit rendre leurs enſeignes & les laiſſa aller, parce qu'il n'avait alors avec lui que 40 hommes d'armes. Il ignorait le malheur de Gaſton : peut-être s'il l'eût ſû, la douleur & la colère l'auraient-elles égaré, & ſe ſerait-il perdu à ſon tour en voulant venger ſon Général & ſon ami.

Baïard, dans la Lettre qu'on va lire, ne dit point qu'il eût prié Gaſton, au moment de la victoire, de ne plus s'expoſer. Mais dans l'excès de l'affliction, Baïard peut n'avoir pas tout dit : ſon amitié & ſa modeſtie ſe refuſaient peut-être d'accuſer Gaſton, & d'écrire ces mots douloureux & vains : s'il m'avait cru, je ne le pleurerais pas.

LETTRE

DU CHEVALIER BAÏARD

A Laurent Aleman ſon Oncle, ſur la Bataille de Ravenne.

MONSIEUR, ſi très-humblement que faire puis à votre bonne grace me recommande.

Depuis que dernièrement vous ai écrit, avons eu, comme jà avez pu ſavoir, la bataille contre nos ennemis. Mais pour vous en avertir bien au long, la choſe fut telle. C'eſt que notre Armée vint loger auprès de cette Ville de Ravenne : nos ennemis y furent auſſitôt que nous, afin de donner cœur à ladite Ville ; & au moyen, tant d'aucunes nouvelles qui couraient chaque jour de la deſcente des Suiſſes, qu'auſſi la faute de vivres qu'avions en notre Camp, Monſieur de Nemours ſe délibéra de donner bataille ; & Dimanche dernier paſſa une petite rivière, qui était entre noſdits Ennemis & nous. Si les vinſmes rencontrer ; ils marchaient en très-bel ordre, & étaient plus de 1700 hommes d'armes les plus gorgias (les plus fiers.) & triomphans qu'on vit jamais ; & bien 14000 hommes de pied, auſſi gentils galans qu'on ſaurait dire. Si vinrent environ mille hommes d'armes des leurs, comme gens déſeſpérés de ce que notre artillerie les affolait, ruër ſur notre bataille, en laquelle était Monſieur de Nemours en perſonne, ſa Compagnie, celle de Monſieur de Lorraine, de M. d'Ars, & autres, juſqu'au nombre de 400 hommes d'armes, ou environ, qui reçurent leſdits Ennemis de ſi grand cœur qu'on ne vit jamais mieux combattre. Entre notre avant-garde, qui était de mille hommes d'armes, & nous, il y avait de grands foſſés, & auſſi elle avait affaire ailleurs que nous pouvoir ſecourir. Si convint à ladite bataille de porter le faix deſdits 1000 hommes d'armes des Ennemis, ou environ. *En cet endroit, Monsieur de Nemours rompit sa lance, & perça un homme d'armes des leurs, tout au travers, & demie brassée d'avantage.* Si furent lesdits 1000 hommes d'armes défaits & mis en fuite, & ainsi que leur donnions la chasse, vinsmes rencontrer leurs gens de pied auprès de leur artillerie avec cinq ou six cents hommes d'armes qui s'y étaient parqués; & au-devant d'eux avaient mis des Charettes à deux roues, sur lesquelles il y avait un grand fer à deux ailes, de la longueur de deux ou trois brassées (*); & étaient nos gens de pied combattus main à main. Leursdits gens de pied avaient tant d'arquebutes que, quand ce vint à l'aborder, ils tuerent quasi tous nos Capitaines de gens de pied, en voie d'ébranler & tourner le dos. Mais ils furent si bien secourus des Gens-d'Armes, qu'après bien combattre, nosdits Ennemis furent défaits, perdirent leur artillerie, & sept ou huit cents hommes d'armes, qui leur furent tués & la plupart de leur Capitaines, avec sept ou huit mille hommes de pied. Et ne sait-on point qu'il se soit sauvé aucun Capitaine que le Vice-Roi: car nous avons prisonniers le Seigneur Fabrice Colonne, le Cardinal de Médicis, Légat du Pape, Petro Navarre, le Marquis de Pesquierre, le Marquis de Padule, le fils du Prince de Melfe, Don Jean de Cardonne, le fils du Marquis de Bélonde, & d'autres dont je ne sais les noms; ceux qui se sauvèrent furent chassés huit ou dix mille, & s'en vont par les montagnes écartés; & encore dit-on que les Villains (Paysans) les ont mis en pièces.

Monsieur, si le Roi a gagné la bataille, je vous jure que les pauvres Gentilshommes l'ont bien perduë: car ainsi que nous donnions la chasse, Monsieur de Nemours vint trouver quelques gens de pied qui se ralliaient; si voulut donner dedans: mais le Gentil Prince se trouva si mal accompagné qu'il y fut tué; dont de toutes les déplaisances & *deuils qui furent jamais faits, ne fut pareil que celui qu'on a démené & qu'on démène encore en notre Camp: car il semble que nous ayons perdu la bataille. Bien vous promets-je,*

(*) Cela ressemble assez aux Chariots armés de faulx tranchantes, dont les Anciens faisaient usage. La Lettre de Baïard justifie les Historiens qui ont rapporté cette circonstance de la Bataille de Ravenne.

Monsieur, que c'est le plus grand dommage que de Prince qui mourut de cent ans a : & s'il eût vécu âge d'homme, il eût fait des choses que oncques Prince ne fit. Et peuvent bien dire les Soldats qu'ils ont perdu leur père : Et de moi, Monsieur, je ne saurais vivre qu'en mélancholie : car j'ai tant perdu que je ne le vous saurais écrire.

En d'autres lieux furent tués Monsieur d'Alègre & son fils, Monsieur du Molard, six Capitaines Allemans & le Capitaine Jacob, leur Colonel ; le Capitaine Maugiron ; le Baron de Grand-Mont, & plus de deux cents Gentilshommes de nom & tous d'estime : sans plus de deux mille hommes de pied des nôtres : & vous assûre que de cent ans le Royaume de France ne recouvrera la perte qu'il a faite.

Hier matin fut amené le Corps de feu Monsieur à Milan, avec deux cents hommes d'armes, au plus grand honneur qu'on a su aviser : car on porte devant lui dix huit ou vingt Enseignes les plus triomphantes qu'on vit jamais, qui ont été en cette bataille gagnées. Il demeurera à Milan jusqu'à ce que le Roi ait mandé s'il veut qu'il soit porté en France, ou non.

Monsieur, notre armée s'en va temporisant par cette Romagne prenant toutes les Villes pour le Concile. (de Pise.) Ils ne se font point prier d'eux rendre, au moyen de ce qu'ils ont peur d'être pillés, comme a été cette ville de Ravenne, en laquelle n'est rien demeuré. Et ne bougerons de ce quartier, que le Roi n'ait mandé ce qu'il veut que son armée fasse.

Monsieur, touchant le frère du Poste, dont vous m'avez écrit ; incontinent que l'enverrez, il n'y aura point de faute que je ne le pourvoye. Puisque ceci est dépêché, je crois qu'aurons abstinence de guerres : toutefois les Suisses font quelque bruit toujours : mais quand ils sauront cette défaite, peut-être ils mettront quelque peu d'eau en leur vin. Incontinent que les choses seront un peu appaisées, je vous irai voir. Priant Dieu, Monsieur, qu'il vous donne très-bonne vie & longue. Écrit au Camp de Ravenne, ce 14 jour d'Avril. Votre très-humble serviteur,

BAÏARD.

L'ORDRE DE L'ARMÉE DU ROI

le 11 Avril, jour de Pâques, l'an 1512.

Rolle de l'Avant-garde.

PREMIEREMENT, le Duc de Ferrare, qui menera ladite Avant-garde.	100 Lances.
Monſieur de Lautrec.	50 Lances.
Monſieur le Grand-Maître.	50 Lances.
Monſieur de Bourbon.	50 Lances.
Monſieur d'Imbercourt.	40 Lances.
Monſieur de Boiſy.	50 Lances.
Monſieur le Sénéchal de Rouergue.	60 Lances.
Monſieur le Grand-Ecuyer.	50 Lances.
Le Comte de Muſol.	40 Lances.
Monſieur de Fontanilles.	40 Lances.
Monſieur du Pleſſis.	100 Lances.
Monſieur de Bedan.	100 Lances.
Monſieur de Mazières, Bâtard de Rieux.	20 Lances.
Somme	750 Lances.

Plus, Jean Bernardin Carach.	500 Allemans.
Le Bâtard de la Balme.	100 Allemans.
Plus, les 300 Chevaux-Légers du Duc de Ferrare.	300 Chevaux-Légers.
Somme	900 Chevaux.

Gens de Pied.

Monſieur du Moular.	2000 hommes.
Le Capitaine Jacob.	2000 hommes.
Somme	4000 hommes.

De l'autre part.	4000 hommes.
Le Bâtard de Clèves.	1000 hommes.
Le Capitaine Philippe.	1000 hommes.
Le frère du Capitaine Jacob.	1000 hommes.
Le Baron de Gaveral.	1000 hommes.
Somme	8000 hommes.

Bataille.

Toute la Bande de l'Artillerie que Monsieur le Grand-Sénéchal conduira avec les Gentils-Hommes de l'Hôtel du Roi.	200 Lances.
Monsieur de Crussol.	200 Archers.
La Compagnie de Monsieur (de Gaston de Foix.)	100 Lances.
Monsieur de Lorraine, Baïard conduisant la Compagnie.	80 Lances.
Monsieur d'Aubigny.	50 Lances.
Monsieur de Duras.	50 Lances.
Monsieur l'Amiral.	50 Lances.
Monsieur de Tende.	50 Lances.
Somme	580 Lances.

Gens de Pied.

Le Cadet de Duras.	1000 hommes.
Le Capitaine Odet (de Foix, parent de Gaston.)	1000 hommes.
Monsieur de Mont-miral.	1000 hommes.

Et s'en iront joindre à l'Avant-garde si l'affaire y est, ou à l'Arriere-garde.

L'Arrière-garde.

L'arrière-garde conduira Monsieur d'Alègre avec sa Compagnie.	50 Lances.
Le Marquis de Mont-Ferrat.	50 Lances.
Le Sénéchal d'Armagnac.	20 Lances.
Somme	120 Lances.

De

De l'autre part.	120 Lances.
Monsieur de Prix.	50 Lances.
Monsieur d'Estanton ou le Chevalier Blanc.	60 Lances.
Monsieur de Bussy.	20 Lances.
Somme	250 Lances.

Gens de Pied.

Le Sieur Frédéric.	1000 hommes.
Le Comte Malestoc.	500 hommes.
Le Comte Parisot.	500 hommes.
Le Marquis de Malespine.	300 hommes.
Le Marquis Bernardo.	500 hommes.
Longueval.	300 hommes.
Antoine Bellot.	300 hommes.
Jean Jacques de Castille.	500 hommes.
Verdançon.	500 hommes.
Somme	4400 hommes.

Monsieur sera avec 40 Hommes d'Armes, & trois ou quatre Capitaines, tels qu'il lui plaira aviser, pour l'accompagner, & ira où sera l'affaire pour y donner ordre.

Somme de Lances.	1580.
Albanois & Chevaux-Légers.	900.
Gens de Pied.	15400.

Ces deux Pièces sont enregistrées en la Chambre des Comptes de Grenoble, au Livre 3 des *Généralia*, fol. 364, en la deuxième Cotte.

ANECDOTES

Sur la Sépulture de Baïard, & ſur la Statue de Gaſton de Foix.

I.

» BAÏARD, (c'eſt M. d'Expilly qui parle) fut enterré » au-devant du grand Autel des Minimes de la Plaine, à » un quart de lieuë de Grenoble, où néanmoins ne lui fut » dreſſé ni tombeau, ni monument, ni marque aucune » qui pût faire connaître que ce lieu renferme un ſi pré- » cieux dépôt. Le Roi Henri IV, qui avait toujours à ſa » bouche & dans le cœur les mérites de Baïard, & les pro- » poſait ſouvent pour exemple à ſa Nobleſſe, étant à Gre- » noble l'an 1600, ſe réſolut de lui faire ériger un Tom- » beau digne du renom d'un tel Chevalier & de Sa Majeſté. » Mais la Guerre ſurvenuë en Savoye, le mariage du Roi, » & tant d'autres événemens arrivés depuis, ont empêché » l'effet de ce Royal deſſein. . . . . Les trois États de Dau- » phiné, étant aſſemblés à Grenoble en 1619, firent un » fonds de 1000 livres », (qui vaudraient plus de 2000 livres d'aujourd'hui) » pour lui dreſſer un monument; mais » les deniers ayant été divertis, on n'a rien fait ».

II.

On vient de lire dans la Lettre de Baïard que Gaſton de Foix, après ſa mort, fut porté à Milan. On l'enterra dans la grande Egliſe, à côté du Maître-Autel : & dans le premier moment on ſe borna à élever ſur ſa tombe un Trophée des Drapeaux pris à Ravenne. Quelque tems après, les Confédérés s'emparèrent de Milan. Mathieu Skeiner, Cardinal de Sion, *le Boute-feu de la Sainte Ligue*, lui qui joua dans toutes ces Guerres le véritable rôle de l'Alecto de Virgile, ce Prêtre ſanguinaire eut la lâcheté de faire exhumer le Héros de la France, ſous prétexte de l'abſurde excommunication lancée contre les Ennemis du Pape. Les Français,

& d'autres Italiens, souhaitaient alors à Jules II & au Cardinal Skeiner, autant de droiture, de justice, d'honneur & de bonté qu'en avait eu le Prince dont ils osaient ainsi damner l'Ame & outrager les Cendres. Mais lorsque les Français rentrèrent dans Milan, ils firent ériger à Gaston un superbe Mausolée en marbre, dans l'Eglise des Religieuses de Sainte-Marthe, où son Corps avait été transporté. On représenta ce Prince, suivant l'usage du Siècle, étendu sur la Tombe, dans la situation d'un Homme qui dort profondément. En 1685, la vétusté de l'Eglise obligea de la reconstruire : le Tombeau étant fort endommagé, on jugea nécessaire de l'abattre. Mais les Religieuses conservèrent la figure du Héros. Elles firent pratiquer dans le mur de la nouvelle Eglise, mais en dehors, & du côté qui donne dans la Cour du Couvent, une Niche assez ornée, où cette Statue fut placée debout avec une Inscription qui contient le petit détail qu'on vient de lire (1). J'ai actuellement entre les mains le dessin de la Figure & la copie de l'Inscription. La Physionomie de Gaston de Foix est douce & belle : mais je n'y vois pas l'air terrible & martial que l'Abbé du Bos donne à cette Statue, & que ne peut guere avoir un jeune Homme dans le calme du sommeil & avec les yeux fermés. Ces particularités, & sur-tout l'Inscription, prouvent que les Religieuses n'ont pas démoli le Tombeau par mépris, ou par ignorance, comme l'Abbé du Bos l'annonce. Il aura été mal instruit par quelque Voyageur léger dans ses observations : & quand je relève cette erreur d'un Historien qui en commet si peu, je crois plutôt lui rendre hommage que le critiquer.

Il y avait, sur les quatre faces du Tombeau, quatre bas-reliefs, représentant la retraite des Suisses, la délivrance de Bologne, la prise de Bresse & la bataille de Ravenne. Ils ont été achetés par les Comtes d'Arconati, qui les conservent avec le plus grand soin dans leur Château appelé *Castellazô*, à deux lieues de Milan.

(1) *Simulacrum Gastonis Foxii, Gallicarum Copiarum Ductoris, qui in Ravennæ prælio cecidit, anno 1512. Cùm in Æde Marthæ restituendâ ejus tumulus dirutus sit, hujus-ce Cœnobii Virgines, ad tanti Ducis immortalitatem, hoc in loco collocandum curavêre : anno 1685.*

FIN.

A MONSIEUR
DE BELLOY*,
Sur la Tragédie de Gaston & Baïard.

QUE j'aime, en tes Héros, un cœur libre d'envie !
De la Gloire, comme eux, Amant sans jalousie,
Tes succès me sont chers; j'ose les confirmer;
Et j'aspire à l'estime en sachant t'estimer.
Oui, d'un double laurier ta Muse se décore;
L'objet de tes travaux les annoblit encore :
Ardent à réveiller, par des accens vainqueurs,
L'Amour du nom Français assoupi dans les cœurs,
Poëte citoyen, ta solide industrie
A voué ses talens au bien de la Patrie.
Au sein majestueux des antiques tombeaux,
Ton crayon va chercher l'ame de nos Héros;
Et nous peint, sous des traits qu'on aime à reconnaître,
Par ce que nous étions ce que nous pouvons être.
J'ai gémi, comme toi, sur l'injuste rigueur,
Qui des Lys de nos jours accuse la langueur;
J'ai tremblé que l'effet ne suivît le présage.
On parvient à flétrir l'ame qu'on décourage;
Qui craint trop de tomber est enfin abbattu;

(*) Cette Epître est de M. le Fèvre : je ne puis, ce me semble, lui témoigner plus convenablement ma reconnaissance, qu'en rendant publics de beaux Vers qui partent d'une belle ame.

Le poiſon lent du doute agit ſur la vertu.
Mais tu lui rends ſa force ; & ces heureux exemples
De Français, que la Grèce eût placés dans ſes Temples,
Ces Martyrs de Calais, ces illuſtres Baïards,
Sous le jour le plus noble offerts à nos regards,
Déja de la vaillance ont rallumé les flâmes,
Ont prouvé que l'Honneur vit encor dans nos ames :
Nous rentrons dans les biens tranſmis par nos Aïeux,
Et l'Admiration a deſſillé nos yeux.

Achève, & fais ſentir aux Enfans de la Gloire
Ce généreux élan, gage de la victoire.
Qu'ils puiſent dans tes vers : plus d'un fameux Guerrier
Dut aux fameux Auteurs l'éclat d'un beau laurier.
La foudre dans les mains, le fier Vainqueur d'Arbele
Payait aux chants d'Homère un hommage fidele ;
Et plein de ſa lecture il volait aux hazards,
S'appuyant d'Apollon pour mieux ſervir ſous Mars.

Mais quoi ! de tout mérite implacable Furie,
La Critique déja contre moi ſe récrie !
Si j'en crois des Cenſeurs les ſourcilleux regards,
L'Honneur a dans ſa chûte entraîné les Beaux-Arts.
Quoi ! nos grands Écrivains, avares de leur gloire,
Nous auraient-ils fermé le Temple de Mémoire ?
Cenſeurs faſtidieux, n'eſt-il plus de chemins
Que puiſſent s'y percer d'infatigables mains ?
Sur des Mers, il eſt vrai, qu'aſſiègent les orages,
Nous tendons vers un port entouré de naufrages ;
Le plus fier Argonaute, à ce terrible écueil,
A vu briſer ſa nef & cèder ſon orgueil.
Moi-même, encor frappé des périls de la Scène,
Moi, qu'en mes premiers ans l'altière Melpomène
D'un coup d'œuil moins auſtère a daigné careſſer,

Depuis.... vain souvenir, quand je dois l'effacer!
Toi, dont l'âge plus ferme a mûri la prudence,
Dans un sentier si rude assure ma constance.
Non qu'à tes moindres pas soigneux de m'attacher,
Faible, & sans conducteur toujours prêt à broncher,
Je borne mon génie à voler sur tes traces;
Des froids imitateurs on connaît les disgraces;
Rarement l'air d'autrui nous prête des appas;
Si je veux t'imiter, c'est en n'imitant pas.
Cependant marche au bruit des clameurs de l'Envie,
Importune ses yeux de l'éclat de ta vie;
Irrite ses serpens par de nouveaux succès,
Entends toujours ses cris — & n'y réponds jamais.

APPROBATION.

J'AI lu, par ordre de Monseigneur le Chancelier, *Gaston & Baïard*, Tragédie, nouvelle Édition; & je n'y ai rien trouvé qui n'en justifiât le succès. A Paris ce 2 Mai 1771.

CREBILLON.

PRIVILÉGE DU ROI.

LOUIS, par la grace de Dieu, Roi de France & de Navarre: A nos amés & féaux Conseillers les Gens tenans nos Cours de Parlement, Maîtres des Requêtes ordinaires de notre Hôtel, Grand-Conseil, Prévôté de Paris, Baillifs, Sénéchaux, leurs Lieutenans Civils, & autres nos Justiciers qu'il appartiendra: SALUT, notre amé le Sieur

DE BELLOY, nous a fait exposer qu'il desireroit faire imprimer & donner au Public, *Gaston & Baïard, Gabrielle de Vergi, Tragédies, avec des Mémoires Historiques, & quelques autres ouvrages de Littérature*, s'il Nous plaisait lui accorder nos Lettres de Privilége pour ce nécessaires. A CES CAUSES, voulant favorablement traiter l'Exposant, Nous lui avons permis & permettons par ces Présentes, de faire imprimer lesdits Ouvrages autant de fois que bon lui semblera, de les faire vendre & débiter par tout notre Royaume, pendant le tems de *six* années consécutives, à compter du jour de la date des Présentes. FAISONS défenses à tous Imprimeurs, Libraires, & autres personnes, de quelque qualité & condition qu'elles soient, d'en introduire d'impression étrangère dans aucun lieu de notre obéissance : comme aussi d'imprimer, ou faire imprimer, vendre, faire vendre, débiter, ni contrefaire lesdits Ouvrages, ni d'en faire aucun extrait, sous quelque prétexte que ce puisse être, sans la permission expresse & par écrit dudit Exposant, ou de ceux qui auront droit de lui, à peine de confiscation des Exemplaires contrefaits, de trois mille livres d'amende contre chacun des Contrevenans, dont un tiers à Nous, un tiers à l'Hôtel-Dieu de Paris, & l'autre tiers audit Exposant, ou à celui qui aura droit de lui, & à tous dépens, dommages & intérêts : A la charge que ces Présentes seront enregistrées tout au long sur le Registre de la Communauté des Imprimeurs & Libraires de Paris, dans trois mois de la date d'icelles : Que l'impression desdits Ouvrages sera faite dans notre Royaume, & non ailleurs, en beau papier & beaux caractères, conformément aux Règlemens de la Librairie, & notamment à celui du 10 Avril 1725, à peine de déchéance du présent Privilége ; qu'avant que de les exposer en vente, les Manuscrits qui auront servi de copie à l'impression desdits Ouvrages, seront remis, dans le même état où l'Approbation y aura été donnée, ès mains de notre très-cher & féal Chevalier, Chancelier Garde des Sceaux de France, le Sieur DE MAUPEOU ; qu'il en sera ensuite remis deux Exemplaires dans notre Bibliothéque, un dans celle de notre Château du Louvre, & un dans celle dudit Sieur de MAUPEOU ; le tout à peine de nullité des Présentes ; du contenu desquelles vous mandons & enjoignons de faire jouir ledit sieur Exposant & ses ayans causes, pleinement & paisiblement, sans souffrir qu'il leur soit fait aucun trouble ou empêchement. Voulons que la Copie des Présentes, qui sera imprimée tout au long, au commencement ou à la fin desdits Ouvrages, soit tenue pour dûement signifiée, & qu'aux Copies collationnées par l'un de nos amés & féaux Conseillers, Sécretaires, foi soit ajoûtée comme à l'original. Commandons au premier notre Huissier ou Sergent sur ce requis, de faire, pour l'exécution d'icelles, tous actes requis & nécessaires, sans demander autre permission, & nonobstant clameur de Haro, Chartre Normande, & Lettres à ce contraires. CAR tel est notre plaisir. DONNÉ à Paris, le Mercredi treizième jour de Décembre, l'an de grace mil sept cent soixante-neuf, & de Notre Régne le cinquante-cinquième. Par le Roi en son Conseil.

LE BEGUE.

Registré sur le Registre XVIII de la Chambre Royale des Libraires & Imprimeurs de Paris, N°. 905. Fol. 67. conformément au Règlement de 1723. A Paris ce 14 Décembre 1769.

BRIASSON, *Syndic.*

De l'Imprimerie de la Veuve SIMON & FILS, Imprimeur-Libraires de LL. AA. SS. Messeigneurs le Prince de CONDÉ & le Duc de BOURBON, rue des Mathurins, 1771.

www.ingramcontent.com/pod-product-compliance
Ingram Content Group UK Ltd.
Pitfield, Milton Keynes, MK11 3LW, UK
UKHW031903260826
14628UKWH00002B/962

9 782019 638474